Zwetschgermännla-morde

14 Kurzkrimis aus Franken

zur Weihnachtszeit

ars vivendi

Originalausgabe

Erste Auflage Oktober 2017
© 2017 by ars vivendi verlag
GmbH & Co. KG, Bauhof 1,
90556 Cadolzburg
Alle Rechte vorbehalten
www.arsvivendi.com

Lektorat: Stephan Naguschewski
Umschlaggestaltung: FYFF, Nürnberg
Motivauswahl: ars vivendi
Coverfoto: © mauritius images / imageBROKER / adele
Druck: CPI books GmbH, Leck
Gedruckt auf holzfreiem Werkdruckpapier
der Papierfabrik Arctic Paper

Printed in Germany
ISBN 978-3-86913-858-9

Inhalt

Tommie Goerz
Der Selbstmord

Er sah sich die Fotos, die er damals gemacht hatte, noch einmal ganz genau an, eines nach dem anderen, und dann ging er wieder durch das Skript des Vortrags dieses Gerichtsmediziners. Wie gut, dass er sich bei der Bildungsnacht der Volkshochschule letztes Jahr in der Tür geirrt hatte und in diesem statt in dem Vortrag über die Milchstraße gelandet war. Und dann hatte ihn der dicke Wannbachers Josef eines Nachts ganz aufgeregt angerufen und gesagt, er solle sofort kommen, sein Vater habe sich aufgehängt und er habe Angst allein in dem großen Haus und es sei alles so furchtbar und schrecklich.

Ob er denn schon einen Arzt gerufen habe?

Nein, aber das wolle er gleich machen. »Paul, komm, Paul, komm ganz schnell, das ist alles zu unheimlich!« Also hatte sich der Paul eine Jacke übergezogen und war hinübergegangen zum Josef. Mitten in der Nacht.

Komisch, fiel ihm jetzt wieder ein, wie er so darüber nachdachte, von Traurigsein hatte der damals nichts erwähnt. Und geheult hatte er auch nicht, nicht eine einzige Träne hatte er um seinen Vater vergossen, nicht einmal zur Beerdigung. Die zwei hatten aber auch nie ein gutes Verhältnis miteinander gehabt. Und dass der Wannbachers Josef in dem Alter noch bei seinem Vater wohnte, die Mutter war ja schon vor Jahren gestorben, lag auch nur daran, dass der Josef nichts arbeitete. Wie sollte der auch etwas arbeiten mit seinen sicher vier Zentnern. Der saß doch nur daheim und aß Wurstbrot oder Gummibärchen, schaute fern und trank Bier. Oder er ging ins Wirtshaus, zum Toni rüber, und tat dort das Gleiche: trank Bier. In den letzten drei Jahren war der Josef immer fetter und fetter geworden.

Es war am Nachmittag um drei, und er musste schon das Licht andrehen. Saublöde Jahreszeit, er mochte sie nicht. Wenn die Sonne erst am Vormittag aufging, den Tag nicht richtig erhellte und sich am Nachmittag schon wieder dem zähen Grau geschlagen gab und sich zurück hinter den Horizont verzog. Als ob es dort schöner wäre. Dazu wehte seit Tagen schon dieser unangenehm kalte Wind aus Nordost und kroch einem unter die Kleider und auf die Haut, sobald man nur vor die Haustür trat. Selbst drinnen hatte man das Gefühl, dass die Kälte von draußen zwischen Fenster- und Türritzen hindurch in die Räume und unter die Wärme der Heizung drang. Dabei war es ja eigentlich gar nicht so richtig kalt, das Thermometer zeigte noch nicht einmal auf unter null. Gefühlt aber war es viel kälter. Unangenehm. Der Himmel war nur noch grau, grau, grau. Wenn es nur wenigstens schneien würde. Das aber zeichnete sich nicht ab, die Wetterlage sollte auch über die Weihnachtsfeiertage hinweg anhalten und sich nicht verändern.

Die Fotos wölbten sich und spiegelten. Er hatte sie beim Lidl machen lassen, Hochglanz, vielleicht hätte er besser matte bestellt. Aber Hochglanz wirkte immer schärfer. Paul Auer drehte die Schreibtischlampe zur Seite und schaltete zusätzlich das große Licht an. So war es besser. Foto um Foto sah er sich an, Detail um Detail. Wie gut es doch war, dass er in der Nacht alles so genau fotografiert hatte. Sie hatten den alten Wannbacher abgenommen und auf die Ärztin gewartet, und zuvor hatte

Paul gesagt, denn der Alte war ja längst tot, als er ihn gefunden hatte, dass es für die Ärztin sicher besser sei, wenn sie das alles fotografierten, damit sie sich ein richtiges Bild machen könne, wie der Alte sich erhängt hatte. Sie konnten ihn doch auch nicht so hängen lassen, wer weiß, wie lange die Ärztin bis hier hinaus brauchte. Es waren immerhin mehr als vierzehn Kilometer von Neustadt bis hier zu den zwei Gehöften an der Aisch. Und es war nachts.

Wie hatte der Kriminalist – war er eigentlich Professor gewesen oder nur Doktor? Paul wusste es nicht mehr – gesagt, nannte man diese Art des Tötens? Er suchte in seinen Notizen, die er sich während des Vortrages in seinem Notizbuch gemacht hatte, nach dem Begriff. Irgendwo hatte er ihn sich notiert. Ja, da stand er: Burking. Benannt nach – nein, nicht nach James Lee Burke, dem amerikanischen Krimiautor, obwohl das auch passen würde, sondern nach dessen Namensvetter William Burke, einen am 28. Januar 1829 im schottischen Edinburgh hingerichteten Iren, der zusammen mit seinem Kompagnon William Hare in den Jahren zuvor sechzehn Menschen umgebracht hatte. Auf eine Art, die als Mord kaum nachweisbar war. Sie hatten sich auf Brustkorb und Bauch ihrer Opfer gesetzt oder gekniet, ihnen mit ihrem ganzen Körpergewicht den Thorax komprimiert und so das Atmen nahezu unmöglich gemacht und ihnen gleichzeitig noch Augen, Mund und Nase zugehalten. Um die Leichen dann an die Anatomie zu verkaufen, wo sie aufgeschnitten und zu Studienzwecken zerlegt wurden. Dieses Burking wird heute noch in etlichen Armeen der Welt bei der Nahkampfausbildung gelehrt und geübt, und es ist auch eine Foltermethode.

Hatte der Spezialist für Kriminalfälle erzählt. Professor oder Doktor, irgendeinen Titel hatte er gehabt. Burking.

Wieso Paul Auer überhaupt seinen Foto dabeigehabt hatte in dieser Nacht, konnte er gar nicht sagen. Der Apparat hatte sich einfach in der Tasche befunden, die er immer bei sich trug. Vom Dorffest zwei Tage zuvor wahrscheinlich noch, auf dem er gewesen war und auf dem er ein paar Fotos gemacht hatte. Da hatte er auch mit dem Wannbachers Josef zusammengesessen. Der hatte schon ziemlich viel getrunken und nur Unsinn gelallt. Außerdem hatte er unflätig über seinen Vater, den alten Alois Wannbacher, hergezogen und ihn beschimpft. Dass der so geizig sei und immer nur fordere, dass er ihn früh aus dem Bett jage und immer nur anschaffe. Mach dies und mach das und mach jenes. Mach nicht so langsam, mach schneller, und ich möchte es einmal erleben, dass du etwas richtig machst, sei nicht so faul, friss nicht so viel und vor allem nicht immer, vielleicht denkst du ja auch einmal mit, und man muss dir nicht immer alles sagen, und solange du hier in meinem Haus lebst, musst du auch etwas tun. Sonst schmeiß ich dich raus!

Der Alte war wirklich unerträglich manchmal, da hatte Paul dem Josef sogar Recht geben müssen, auch wenn der Josef schon total besoffen gewesen war. Einmal, das war noch gar nicht so lange her, war er drüben gewesen auf dem Hof der beiden, weil er Kettenöl für seine Säge brauchte, seines war ihm ausgegangen und er wollte einen Balken kürzen und nicht erst zur BayWa fahren müssen, da zog der Alte gerade über den Jungen her. Keine Ahnung, über was sie gestritten hatten, aber der Alte lederte ohne Rücksicht darauf, dass Paul das alles mithörte, los: Dir wäre es ja ohnehin am liebsten, wenn ich krepieren würde, lieber heute als morgen, damit du mich los bist und an mein Geld kommst. Aber das verspreche ich dir: Das wirst du nicht. Niemals. Lieber verbrenne oder verschenke ich alles vorher, ehe du das in die Finger bekommst. Tja, und dann hatte er sich aufgehängt und das Geld vorher doch nicht verbrannt oder verschenkt, denn dem Wannbachers Josef ging es seither richtig gut. Ein Auto hatte er sich schon gekauft, die Kühe alle verkauft, auch Schweine hatte er keine mehr, keine Hühner, nichts. Und einen riesigen Fernseher hatte er sich liefern lassen, Flatscreen, der lief seither den ganzen Tag. Der Wannbachers Josef hatte also plötzlich Geld. Und zwar musste das viel Geld sein, denn das hatte er zumindest vor dem Tod seines Vaters einmal gesagt. Der Alte hat unglaublich viel Geld, hatte er gesagt, und er hockt drauf wie ein Löwe auf dem Aas. Mir wird ganz schlecht, wenn ich daran denke. Aber irgendwann beißt der auch mal ins Gras, und dann gehört alles mir. Und dann lass ich es mir gut gehen, kannst du mir glauben.

Paul Auer legte die Fotos zurück auf den Tisch und wartete. Kam er wohl schon? Es war wirklich sehr gut gewesen, dass er die Fotos damals gemacht hatte. Die Ärztin war dann auch irgendwann gekommen, da hatten sie den Alten schon aufs Bett gelegt und den Strick daneben. Die hatte sich den Hals angeschaut von dem alten Wannbacher, sein Herz abgehört, wo nichts mehr zu hören war, und den Puls gefühlt, wo nichts mehr zu fühlen war, sich die Fotos auf dem Display von Pauls Kamera angesehen und dann den Totenschein ausgestellt. Tod durch Selbststrangulation hatte sie darauf geschrieben, und Suizid. Drei Tage später hatten sie den Alten dann beerdigt. Keine große Beerdigung, nur ein paar Leute, denn der Wannbachers Alois war nicht sehr beliebt. Und ins Wirtshaus sind sie auch nicht gegangen, hinterher. Das war schon ein bisschen stillos gewesen, das macht man nicht so.

Warum hatte sich der Alte aufgehängt? Diese Frage hatte niemand gestellt, nicht laut und nicht leise. Er war halt schon immer ein wenig komisch gewesen, und in letzter Zeit ganz besonders. Wahrscheinlich eine Depression, dass er nicht mehr weitergewusst hat. So was gab es ja. Sieht man von außen nicht, merkt man den Leuten nicht an – und plötzlich sind sie dann tot. Haben sich vor den Zug geworfen oder von der Brücke gestürzt, Tabletten genommen, sich in der Badewanne die Pulsadern aufgeschlitzt oder sich aufgehängt, so wie hier.

Wie hatte es der Kriminalwissenschaftler bei seinem Vortrag gesagt? Die Strangulationsmale am Hals seien immer v-förmig. Sie verliefen hinten, also im Nacken, immer spitz nach oben zu. Logisch, denn der, der sich erhängte, hing ja mit seinem ganzen Gewicht am Strick, und der zieht sich oben zusammen. Hinten. Weil die Schlaufe legt man sich intuitiv mit dem Knoten nach hinten an. Kein Mensch macht das anders. Aber komisch: Beim alten Wannbacher liefen die Würgemale der Schlaufe sauber rund um den Hals. Waagerecht. Als ob er sich im waagerechten Flug aufgehängt hätte. Das Foto zeigte dies ganz klar.

Auch komisch, dachte sich der Paul wiederholt, wie das der alte Wannbacher geschafft hat, sich da oben an den Haken zu hängen. Denn der Strick war doch ziemlich kurz gewesen. Höchstens einen Meter fünfzig, insgesamt. Der Strick lag ja dort, auf dem Foto, mit seiner Schlaufe schön neben dem toten Wannbacher, da konnte man die Länge ganz gut sehen. Der Haken, an dem er sich aufgeknüpft hatte, hing oben am Deckenbalken neben der Tür – und es hatte kein Stuhl in der Nähe gestanden in der Dachkammer, auch nicht gelegen. Es hatte sich überhaupt kein Stuhl in der Dachkammer befunden. Paul hatte es einmal selber ausprobiert, mit einem Strick, der sogar noch länger war. Fast einsachtzig. Um zu sehen, ob das geht. Und hatte es nicht geschafft. Denn es war nicht zu schaffen. Er hatte eine Schlaufe geknüpft und eine zweite für den Haken. Hatte sich die eine Schlaufe um den Hals gelegt und versucht, die zweite oben über einen Nagel, den er über der Tür in die Wand geschlagen hatte, zu hängen.

Es ging nicht, nicht einmal mit Springen.

Es ging auch nicht mit einem Stuhl. Wie also hatte der alte Wannbacher das geschafft? Ganz sicher nicht mit Eisblöcken, die langsam unter ihm weggeschmolzen waren.

Josef, ich muss einmal mit dir reden, hatte der Paul gesagt.

Ja? Warum? Über was denn?, hatte der Josef gefragt.

Über deinen Alten.

Was gibt es denn da zu reden? Oder zu fragen?

Da ist etwas komisch, hatte der Paul gesagt.

Komisch? Was denn?

Ach, so einiges, aber dazu brauchen wir Zeit. Komm doch mal zu mir rüber. Und dann hatten sie ausgemacht, dass der Josef einmal zum Paul kommt und der seine Fragen stellt. Das sollte heute sein, so gegen sechs. Jetzt war es halb und schon stockdunkel. Nur der kalte Wind strich draußen ums Haus. Und übermorgen war das Fest des Friedens, Weihnachten, Christi Geburt. Das ist doch ein schöner Anlass, dachte sich Paul und nahm wieder die Bilder zur Hand.

Auch das hier, dachte er sich und betrachtete eines der Fotos. Wie hatte es der Spezialist für Kriminalfälle gesagt? Bei Erhängten gebe es Stauungen oberhalb der Strangmarke. Weil das Blut innen ja runterläuft, durch die Adern aus dem Kopf.

Hatte er das wirklich so gesagt? Paul hatte es so in Erinnerung, fand dazu aber keine Notiz in seinen Aufzeichnungen. Aber auf einem der Fotos war ganz deutlich zu sehen: Die Adern waren nicht dick gewesen, es hatte keine Stauungen über der Strangmarke gegeben, aber unterhalb war der Hals breitflächig dick gewesen. Was hieß, so dachte er sich das, dass das Herz noch geschlagen und Blut bis dorthin gepumpt hatte.

Konnte das stimmen? Er wusste es nicht. Klar war nur: Stauungen sollten sich, wenn, dann oberhalb des Strickverlaufs finden, keinesfalls unterhalb. Dort aber fanden sich welche. Große.

Er würde mit Josef darüber reden.

Das für ihn ganz Entscheidende, neben den offensichtlich falsch liegenden Strangulationsmalen, war das aufgedunsene, rötlichblau gefärbte Gesicht, die roten Tupfen überall im Gesicht und auf den Lidern und der rötlichblaue Hals. Es wäre interessant gewesen, dem Alten mal das Hemd aufzuknöpfen und zu schauen, wie der Brustkorb aussah. Ob der auch so angelaufen war? Jetzt war es zu spät, das nachzuschauen. Aber schon das Gesicht sagte ja etwas aus. »Erhängte zeichnen sich durch ein blutleeres, fahles Gesicht aus.« So hatte das der Verbrechensspezialist gesagt. Wortwörtlich. Weil durch das ruckartige Sich-Zuziehen der Schlaufe die Blutzufuhr zu Kopf und Gehirn schlagartig unterbrochen wird. Und wo nichts mehr hineinläuft, folgerte

Paul, kann auch nichts mehr anschwellen. Nur noch hinunterlaufen.

Wusste ein ausgebildeter Mediziner denn so etwas nicht? Wie konnte eine studierte und langjährig erfahrene Ärztin eine eindeutige Todesursache bescheinigen, Suizid, wenn wenigstens zwei, wenn nicht gar drei Merkmale auf eine andere Ursache hinzuweisen schienen? Musste sie nicht dann die Polizei informieren oder wenigstens einen Gerichtsmediziner? Gab es denn keine Mechanismen in diesem so perfekt und bis ins Allerkleinste durchorganisierten Deutschland, die so etwas regelten? Anscheinend nicht. Denn niemand hatte den Befund der Ärztin auch nur annähernd infrage gestellt. Wenn ein Doc etwas sagt, ist das heilig, das schien die Regel dahinter zu sein.

Paul überlegte. Draußen klapperte etwas. Kam der Josef wohl schon? Ob der vielleicht etwas ahnte? Würde er dann überhaupt kommen? Na, dem würde er Weihnachten schön versauen. Aber das ließ sich jetzt nicht mehr ändern. Draußen klapperte es erneut in der Dunkelheit. Das Gartentürchen war wahrscheinlich nicht zu und schlug im Wind hin und her. Josef würde es schon schließen, wenn er käme.

Paul zweifelte. War das richtig, was er da dachte? Oder hatte er irgendwo einen Denkfehler?

Burking. Eine Todesursache, die nur sehr, sehr schwer nachweisbar war, weil sie beim Opfer kaum oder keine Kampfspuren hinterließ. Keine Hämatome durch Schläge oder Abwehrbewegungen, keine Kratzer oder Griffspuren an der Haut, nichts. Nur Rippenbrüche, falls der Korpus zu massiv gequetscht worden war, ein rotes, aufgedunsenes Gesicht, roter Hals, roter Brustkorb. Und die

Flecken im Gesicht und an den Augenlidern. Ansonsten war der Druck auf den Thorax, so hatte es der Kriminalist gesagt, viel zu flächig angelegt, um Spuren zu hinterlassen. Auf Quetschspuren oder gebrochene Rippen aber hatte die Ärztin den alten Wannbacher nicht untersucht. Sie hatte ihm ja nicht einmal das Hemd aufgeknöpft.

Trotzdem: War das richtig, was sich der Auers Paul alles dachte? Er schob die Bilder zurück ins Kuvert, verstaute dieses in der Schublade seines Schreibtisches und lehnte sich zurück. Das aufgedunsene, blaurot unterlaufene Gesicht. Die Stauungen unterhalb der Schlinge. Der blau unterlaufene Hals bis hinein ins Hemd. Das eigentlich viel zu kurze Seil, bei dem es sich Paul auch beim besten Willen nicht vorstellen konnte, dass der Alte es selber am Haken befestigt haben konnte. Die nach Schulbuch völlig falsch, nämlich horizontal verlaufenden Strangulationsmale am Hals. Und dann noch die Leibesfülle vom Josef: Wo der sich draufsetzte oder draufkniete, schnaufte niemand mehr. Gegen den war der Alte doch nur ein Hemd.

Und hatte der Kriminalist nicht noch etwas erzählt von einem typischen Erstickungssymptom? Dass sich der Kehlkopfdeckel, so etwa bei Massenpaniken, wenn Menschen sich gegenseitig in großer Enge quetschen, verschließt oder verhakt, in der Panik, man bekomme keine Luft mehr? Man vorher tief einatme und man dann nicht mehr ausatmen, der Druck also nicht mehr entweichen könne? Ja, irgend so etwas hatte er erzählt, aber Paul hatte es nicht richtig verstanden. Oder es sich nicht richtig gemerkt.

Paul Auer war sich sicher: Die zwei, der alte und der junge Wannbacher, hatten sich wieder einmal gestritten, und dann war dem Josef der Kragen geplatzt. Außerdem wollte der sowieso schon immer an das Geld des Alten. Oft genug hatte er ja davon gesprochen und den Alten als Geizhals beschimpft. Also hatte er ihm irgendwann kurzerhand eine Schlinge ... – aber halt, nein! So eine Schlinge liegt doch nicht so einfach herum! Also hatte er diese vorbereitet! *Musste* sie vorbereitet haben! Es war also geplanter Mord, nicht Mord im Affekt! Also hatte er dem Alten aufgelauert irgendwie, hatte ihm die Schlinge über den Kopf gezogen, ihn zu Boden gerissen, sich auf ihn gekniet mit seinen vier Zentnern, und dann wahrscheinlich mit der einen Hand den Kopf gehalten und mit der anderen die Schlinge zugezogen. Deshalb auch die kreisrund um den Hals laufenden Würgemale. Und als der Alte endlich keinen Mucks mehr von sich gab und erstickt war, hatte er ihn an den Haken geknüpft und ihn, den Paul, angerufen, dass er kommen solle.

Und dann erst die Ärztin. Die nichts gemerkt hatte und ihr ganzes Leben lang nicht merken würde. Weil sie keine Ahnung hatte davon, wie man einen Selbstmord von einem Mord unterscheiden kann und dass das Gesicht eines Erhängten fahl war und nicht aufgedunsen rotblau und dass die Würgemale am Hals im Nacken hinten nach oben verlaufen mussten und sich nicht kreisrund um den Hals legen konnten. Nein, da gab es keinen Irrtum.

Paul Auer sah auf die Uhr. Gleich würde der Wannbacher kommen. Schwitzend wie immer, weil er so dick war, und kurzatmig wie immer, weil er schon lange nicht mehr richtig Luft bekam vor lauter Fressen und Fressen. Und dann würde Paul dem Wannbachers Josef die Bilder zeigen und ihm sagen, was er dachte. Und dass er danach die Polizei anrufen und der alles erzählen würde. Die würden danach den Alten bestimmt wieder ausgraben und untersuchen, und sie hätten dann ja auch die Fotos.

Und übermorgen war Weihnachten.

Ja, er würde sich zu Weihnachten dieses Jahr ein schönes Geschenk machen. Denn der Josef sollte ordentlich etwas von dem Geld herausrücken, das er von seinem Alten geerbt hatte. Den hatte er jetzt im Griff.

Paul hatte die Füße auf den Schreibtisch gelegt und spielte mit dem Kuvert, das er wieder aus der Schublade geholt hatte.

Draußen klapperte es erneut, diesmal kräftiger als die Male zuvor. Der Wannbachers Josef hatte das Türchen ins Schloss geknallt, jetzt war es zu. Jetzt hörte Paul schon die schweren Schritte des Dicken draußen auf der Treppe zur Haustür, die Türklinke quietschte, dann fiel die Tür ins Schloss. Sie schlossen ihre Türen hier herußen nie ab, die standen immer offen. Kurz darauf trat der Wannbacher unter die Tür und schnaufte.

»Servus Sebb«, grüßte ihn der Paul, »schön, dass du kommst.«

»Servus Baul, des is ja a greißlichs Wedder draußn heud, do johgsd ja kahn Hund hinderm Ohfm vor. Wos isn los? Wiesu hobbin kummer solln? Wos willsdmern du sohng?«

Der Paul nahm die Füße vom Schreibtisch, nahm das Kuvert und reichte es Josef.

»Schauder des amoll oh.«

Und dann berichtete er Josef von dem Vortrag des Kriminalspezialisten. Doggder oder Brofesser.

*

Zwei Tage später, am 24. Dezember gegen Mittag, klingelte bei der Ärztin in Neustadt das Telefon. Der Wannbacher. Sie müsse sofort kommen, der Auers Paul habe sich erhängt. Er, der Josef, habe bei ihm vorbeigeschaut, um ihm sein Weihnachtsgeschenk zu bringen, aber er habe sich schon gewundert, weil seit zwei Tagen das Licht gebrannt habe. Ganz untypisch für den Auer. Da habe er den Auer gefunden. Schrecklich.

Und ja, der Auer hänge noch, er habe noch nichts angerührt.

Eine Stunde später war die Ärztin da, missmutig, weil es der 24. war, und sie nahmen den Auer ab. Legten ihn der Länge nach aufs Sofa.

»Warum?«, fragte die Ärztin, als sie den Totenschein ausfüllte. Tod durch Strangulation. Suizid.

»Wahrscheinlich wegen Weihnachten«, tippte der Wannbacher schnaufend, »vielleicht hat er seinen Moralischen gekriegt.«

Die Ärztin nickte vielwissend. Jaja, das könne man öfter lesen, dass so etwas passiert. Traurig sei das, sehr traurig. Denn man habe ja nur das eine. Das eine Leben, ergänzte sie noch, weil sie merkte, dass der Wannbacher das nicht verstanden hatte.

»Ja, traurig«, sagte der Wannbacher und nickte ganz langsam mit dem Kopf.

Auf dem Tisch stand eine Flasche Weinbrand.

»Die wollte ich ihm schenken. Zu Weihnachten.« Eine Träne lief ihm über das Gesicht. Dann schenkte er sich und der Frau Doktor einen ein. Der Paul kann's jetzt ja nicht mehr trinken.

Susanne Reiche
Das Mädchen mit den Schwefelhölzern

Es war der letzte Tag des Jahres. Über Nacht hatte es Frost gegeben, so boshaft kalt, dass es kaum auszuhalten war. Nessie schüttelte die Eiskristalle von dem Secondhand-Schlafsack, der nach dem Schweiß und dem fettigen Haar seines Vorbesitzers roch, und blinzelte gegen die Morgensonne.

Fränk stakste mit seinen langen, dünnen Beinen auf und ab und schnorrte frühe Passanten um Geld oder Zigaretten an. »Scheißkälte«, fluchte er vor sich hin.

»Besser als Regen«, behauptete Fisch, der auf der Treppe zur U-Bahn saß und sich am Benzinkocher zu schaffen machte.

»Hä?« Fränk kam herüber und ging neben Fisch in die Hocke. »Kochst du Kaffee?«, fragte er hoffnungsvoll.

»Sofern man das lösliche Zeug so nennen kann«, sagte Fisch.

»Hast du Feuer, Fränki? Ich hab meins gestern so einem Penner geliehen, und der hat's nicht zurückgegeben ...«

Fränk kramte eine Weile in den Taschen seines Parkas, dann wurde er plötzlich blass. »Scheiße, Mann! Schau dir das an – Lotti ist erfroren!« Er zeigte Fisch die weiße Ratte, die reglos auf seiner Hand lag.

»Du Schwachmat«, sagte Fisch trocken. »Die schläft doch bloß. Hörst du sie nicht schnarchen?«

»Was?« Fränk betrachtete Lotti eingehend. »Die ist hin, Mann! Erfroren!«

»Guten Morgen, Jungs«, sagte Nessie.

»Von wegen gut«, sagte Fränk düster. »Es ist scheiß-kalt, falls du es nicht bemerkt hast. Und Lotti ist erfroren!«

Nessie beugte sich vor und stupste die Ratte mit dem Finger an. Lotti streckte sich und riss ihr Mäulchen zu einem Gähnen auf, dann kletterte sie Fränks Arm hinauf und verkroch sich in der Brusttasche seines Parkas.

»Hey, wow! Mann, du hattest recht ...«, fing Fränk an, aber Fisch fiel ihm ins Wort: »Was ist jetzt mit dem Feuerzeug, du Spack?«

»Ich hab Streichhölzer«, sagte Nessie und kramte in ihrem rosa Turnbeutel. »Hier!«

»Merci«, dankte Fisch weltgewandt und hob dann eine Augenbraue. »Zündhölzer ... das ist ja schon irgendwie – aus der Zeit gefallen, finde ich.«

Fränk wedelte mit den Fingern vor seiner Stirn. »*Aus der Zeit gefallen* ... Du faselst manchmal so einen Bullshit, Fischkopf!«

Fisch ging nicht darauf ein. Er hob den Kocher an sein Ohr und schüttelte ihn. »Tja. Ich fürchte, das Benzin ist alle.«

»Mannomann«, sagte Fränk. »Echt jetzt? Kein Kaffee? Ich sag's ja: ein Scheißmorgen ...«

Nessie krabbelte aus ihrem Schlafsack und rieb sich die Hände warm. Wie lange kann man so leben?, dachte sie, wie lange hält man das aus? Sie war erst vor einer Woche zu den beiden gestoßen – dem mageren Fränk mit der pickligen Stirn, der kaum älter war als sie selbst, vielleicht siebzehn oder achtzehn, und dem bärtigen Fisch, der schon Mitte dreißig war und aus Kiel stammte. Fränk sagte Sachen wie: *Wir scheißen auf das Scheißsystem, wir brauchen niemanden. Wir sind frei, wir machen nur das, was wir wollen ...*

Ach, und das willst du?, fragte Fisch dann. *Nachts frieren? Fremde um Kleingeld anbetteln? Im Müll nach Pfandflaschen wühlen?*, woraufhin Fränk finster erwiderte: *Du bist immer so negativ. Das ist doch scheiße, Mann.*

Nessie lächelte. Fisch und Fränk zankten sich von morgens bis abends wie ein altes Ehepaar, aber sie hielten zusammen. Das gefiel ihr. Es erinnerte sie an ihre Kindheit, an das große Haus mit dem Garten voller Blumen, an ihr gemütliches Kinderzimmer mit der Prinzessin-Lillifee-Tapete. An ihre Mutter, die Mittagessen gekocht und ihr bei den Hausaufgaben geholfen hatte, die sie und ihre Freundinnen ins Freibad gefahren und ihr abends, vor dem Einschlafen, eine Geschichte vorgelesen hatte. Ein ganz normales Leben, hatte Nessie gedacht, bis zu dem Tag, an dem ihr Vater eine andere Frau kennengelernt und sie beide vor die Tür gesetzt hatte. Danach hatte ihre Mutter keine Zeit mehr für sie gehabt. Tagsüber putzte sie die Häuser fremder Menschen, und nachts arbeitete sie in einer Bar; aber das Geld, das sie verdiente, reichte trotzdem vorne und hinten nicht. Nach drei Monaten blieb der Unterhalt aus, den Nessies Vater für seine Tochter gezahlt hatte – seine Geschäfte liefen nicht gut, teilte sein Anwalt mit, und die neue Familie wolle ja auch ernährt werden. Die *neue Familie* ... das war die Andere, Jüngere. Sie zog eigenhändig die Prinzessin-Lillifee-Tapete von der Wand in Nessies Kinderzimmer und richtete sich dort einen Fitnessraum ein; dann riss sie die Blumen, die Nessies Mutter so liebevoll gepflegt hatte, heraus, um im Garten Platz für einen Pool zu schaffen. Danach stellte sie eine Haushälterin ein, feilte ihre Nägel spitz und tat nichts anderes mehr, als mit dem Cabrio zum Shoppen in die City zu fahren ...

Nessie wurde plötzlich schlecht. Sie würgte und spie grüne Galle aufs Kopfsteinpflaster.

»Was Falsches gegessen«, vermutete Fränk.

Aber Nessie hatte nichts Falsches gegessen. Sie hatte seit drei Tagen gar nichts gegessen.

»Leute, wir müssen Benzin kaufen«, sagte Fisch. »Hat jemand Geld?«

»Nix«, sagte Fränk.

»Das Mädchen mit den Schwefelhölzern?«, fragte Fisch.

Nessie schüttelte den Kopf. Nein, sie hatte kein Geld. Und auch sonst nichts, nicht einmal mehr Freunde. Die netteren Mitschüler hatten sie ignoriert, als sie aufs Gymnasium gekommen war, die anderen hatten sie verspottet. *Unser Hartzi hat auch ein Recht auf Bildung, aber man sollte besser nicht zu nah rangehen, wenn man sich keine Flöhe holen will.* Sie lief in unmöglichen Klamotten herum und konnte sich in den angesagten Clubs nicht mal eine Cola leisten, sie hatte kein Facebook, kein WhatsApp, und als ihre Mutter das Geld fürs Schullandheim nicht zusammenbrachte, war Nessie beinahe erleichtert. Aber wenn ihre Mutter fragte: *Warum bringst du nicht mal eine Freundin mit? Ist alles okay in der Schule?* Wenn ihre Mutter verlegen die Brösel vom Tisch wischte, sich in der winzigen Küche umsah und fragte: *Du schämst dich doch nicht etwa für – das hier?* Das hielt sie nicht aus. Das Haar ihrer Mutter wurde vor der Zeit grau und strähnig, und sie fing an, Nessies Socken zu stopfen, weil das Geld für neue nicht reichte. In Nessies Schule trug niemand gestopfte Socken, und deshalb schwänzte sie hin und wieder den Unterricht und klaute Klamotten und Kosmetikartikel in Kaufhäusern ...

»Wenn keiner Kohle hat, gibt's auch keinen Kaffee«, stellte Fisch fest.

»Scheiße, Mann«, sagte Fränk verdrossen.

»Kennt ihr eigentlich das Märchen von dem Mädchen mit den Schwefelhölzern?«, fragte Fisch.

»Hä?«, machte Fränk.

»Es war sehr kalt, der letzte Tag des Jahres«, sagte Fisch, »und das Mädchen mit den Schwefelhölzern war barfuß und hatte nichts zu essen. Es wollte seine Schwefelhölzer verkaufen, aber niemand wollte sie haben; und weil ihm so kalt war, hat es zuletzt ein Hölzchen nach dem anderen angezündet und wunderbare Dinge gesehen: einen geschmückten Weihnachtsbaum, einen Gänsebraten ...«

»Was laberst du da bloß?«, wunderte sich Fränk.

Bis zum Nachmittag hatten sie am U-Bahn-Eingang fünfzehn Euro zusammengeschnorrt.

»Na also«, sagte Fisch. »Wir kaufen Benzin für den Kocher, und vielleicht ein paar Dosen Pichelsteiner ...«

»Da hab ich eine bessere Idee«, fand Fränk. »Wir kaufen Hasch!«

Fisch seufzte. »Was glaubst du wohl, Fränki: Wenn das Mädchen mit den Schwefelhölzern fünfzehn Euro gehabt hätte ...«

»Was hast du denn dauernd mit dieser Streichholztussi?«, fragte Fränk.

»Wenn das Mädchen mit den Schwefelhölzern fünfzehn Euro gehabt hätte«, fuhr Fisch fort, »dann hätte es sich bei Aldi Süd ein paar Dosen Pichelsteiner gekauft, seine Freunde eingeladen und sich mal wieder richtig satt gegessen.«

»Nö, ich schätze, die hätte sich einen Batzen Hasch besorgt und mit ihren Kumpels eine dicke Tüte durchgezogen!«, feixte Fränk.

»Sie hatte aber keine fünfzehn Euro«, sagte Nessie traurig. »Und sie hatte auch keine Freunde. Sie hatte nur ihre Streichhölzer, und sie hat eines nach dem anderen angezündet und sich in eine bessere Welt geträumt. Und am Ende war sie tot.«

»Mannomann«, sagte Fränk und nickte nachdenklich. Dann zuckte er die Achseln. »Tja. Leute – versteht mich richtig: Das ist echt scheiße gelaufen für das Mädchen, Mitgefühl und alles, aber ... Das ist doch wohl schon verdammt lang her, oder? Also warum reden wir dauernd drüber?«

Der Tankwart kannte sich offensichtlich mit ihrer Art von Kundschaft aus – er verzog keine Miene, als Nessie eine Plastikflasche Benzin auf den Tresen stellte und Fisch noch eine Flasche Wodka und zwei Dosen Pichelsteiner dazulegte. »Zwölf fünfzig«, sagte er und ließ eine Hand beiläufig auf der Wodkaflasche liegen, bis Fränk die Münzen aus seiner Jeans gekramt hatte.

»Das hättest du doch auch gleich sagen können, Fischkopf«, sagte Fränk erfreut. »Eine Flasche Wodka kann mit einer dicken Tüte locker mithalten, da hätten wir gar nicht zu streiten brauchen.«

Sie tranken den ersten Schluck Wodka gleich neben der Tankstelle. Fisch und Fränk kabbelten sich bald wieder, Nessie schwieg und konzentrierte sich aufs Trinken.

Vor zwei Wochen hatte ihre Mutter die Arbeit in der Bar verloren – er erwarte ein halbwegs frisches, gepflegtes Aussehen von seinen Angestellten, hatte der Geschäftsführer erklärt, und Nessies Mutter sehe leider immer mehr aus wie, nun ja, wie eine erschöpfte Putzfrau. Wann sie eigentlich das letzte Mal beim Friseur gewesen sei? Nessie zerstach dem arroganten Arschloch noch in derselben Nacht die Autoreifen, alle vier. Der Jugendrichter brummte ihr Sozialstunden auf, sie flog von der Schule.

Die Schule schwänzen, Diebstahl, Gewalt – so löst man doch keine Probleme, sagte ihre Mutter besorgt. Kann schon sein, gab Nessie trotzig zurück, aber für Leute wie uns, die ihre Probleme sowieso nicht lösen können, sind es immerhin brauchbare Alternativen.

Vor einer Woche war sie zum Haus ihres Vaters gegangen und hatte dort über die Hecke gespäht. Ihr Vater saß auf der Terrasse, neben dem Pool, und blätterte in irgendwelchen Unterlagen, und neben ihm saß die Andere, Jüngere, und feilte ihre Fingernägel spitz. Nach einer Weile sagte sie: *Das mit der Poolreinigung nächste Woche passt mir gar nicht, Schatz, da hab ich einen Friseurtermin.*

»Hört mal, Jungs«, sagte Nessie, »ich hab im alten Jahr noch was zu erledigen. Seid ihr dabei?«

Es war schon dunkel, als sie vor dem Haus standen, eine eisige, mondlose Finsternis. Das Haus war hell erleuchtet, durch das Panoramafenster sah man ein Paar auf einer Ledercouch sitzen. Die Frau feilte ihre Fingernägel und nippte hin und wieder an einem Cocktailglas, der Mann hielt sich ein Handy ans Ohr und sah zwischen dem großen Flachbildfernseher und einem Laptop, der auf seinem Schoß lag, hin und her. Es liefen die Börsennachrichten.

»Leute – was machen wir hier eigentlich?«, fragte Fränk nach einer Weile ratlos.

»*Börse vor acht* schauen«, sagte Fisch. »Sag bloß, du hast keine Aktien in deinem Finanzportfolio?«

»Hä?«, machte Fränk.

»Das Mädchen mit den Schwefelhölzern«, sagte Nessie und trank den letzten Schluck Wodka, »hätte den mitleidlosen Spacken ordentlich Feuer unter dem Arsch machen sollen.« Sie knöpfte ihre Jacke auf und riss einen Streifen von ihrem T-Shirt ab, stopfte ihn in die leere Wodkaflasche und füllte etwas Benzin auf. Dann ließ sie sich von Fisch die Zündhölzer zurückgeben, die sie ihm geliehen hatte.

Sie dachte wieder an den Abend vor einer Woche, an dem sie hier über die Hecke gespäht hatte. Irgendwann war die Frau ins Haus gegangen, und Nessie hatte das Gartentürchen geöffnet und ihren Vater besucht ...

»*Vanessa?*«, fragte er entgeistert. »Was willst du denn hier?«

Nessie hatte ihren Vater seit zehn Jahren nicht gesehen, und er erschien ihr seltsam geschrumpft. Ein dünner, fremder Mann mit grauem Haar und müden Augen. »Mama ist tot«, sagte sie.

»Oh. Das, äh ... Das tut mir leid«, sagte er und warf einen nervösen Blick über die Schulter zum Haus. »Wie ist sie denn ... Wann ...«

»Letzte Woche«, sagte Nessie. »Auf dem Weg zu einem ihrer miesen Putzjobs. Sie war spät dran und ist bei Rot über die Straße gerannt, um die Straßenbahn noch zu kriegen. Es ist passiert, weil sie müde war. Erschöpft. Ausgebrannt. Wir hatten uns gestritten. Sie hat sich Sorgen um mich gemacht.«

»Ja ... Das tut mir leid«, wiederholte ihr Vater, ohne sie anzusehen. »Aber es wird sich doch wohl irgendjemand um dich kümmern, nehme ich an.«

Nessie zuckte die Achseln. »Die haben mich in so ein Wohnheim gesteckt. Ich bin abgehauen.«

»Das war dumm«, sagte er. »Nimm es mir bitte nicht übel, Vanessa, aber du siehst ein bisschen – verwahrlost aus.«

»Findest du?«, sagte Nessie. »Warum hast *du* dich eigentlich nie um mich gekümmert?«

»Jetzt werd mal nicht frech«, fuhr ihr Vater auf und fügte nach einer Weile hinzu: »Es ging eben nicht.« Er sah wieder hinüber zum Haus. »Sie wollte es nicht. Und das ist ja auch irgendwie verständlich, oder?«

Nessie riss ein Streichholz an. Alles würde verbrennen – der Fernseher, die schicken Klamotten, die Wertpapiere. Die beiden würden erfahren, wie es war, nichts zu haben.

»Äh ... Hallo? Du willst doch denen nicht etwa die Bude abfackeln?«, fragte Fränk und blies das Streichholz aus. »Mädel, das ist ... scheiße! Da kann einer draufgehen.«

»Halt dich da raus«, sagte Nessie tonlos. »Das ist meine Geschichte, nicht deine.« Sie zündete ein neues Hölzchen an und legte schützend eine Hand um die Flamme. Warum sollte es sie kümmern, wenn jemand starb? Hatte sich einer der beiden da drin jemals um sie gekümmert? War ihre Mutter etwa nicht gestorben? *Gewalt löst keine Probleme, Nessie ...* Scheiße, Mama, das ist mir egal, dachte sie. Sie wollte Gewalt, sie wollte Rache. Sie hielt das Streichholz an den Stofflappen, der aus der Wodkaflasche ragte, aber die dünne Flamme flackerte in der kalten Nachtluft und erlosch.

Entschlossen zog sie das letzte Streichholz aus der Schachtel.

»Ich will mich ja nicht einmischen«, sagte Fisch. »Du scheinst hier eine größere Rechnung offen zu haben; und sich klaglos in sein Elend zu fügen wie das Mädchen mit den Schwefelhölzern ist wohl nicht mehr zeitgemäß. Aber du solltest Folgendes bedenken: Anders als sie hast du Freunde, und wir haben einen Benzinkocher und zwei Dosen Pichelsteiner. Wenn du das letzte Streichholz deiner Rache opferst, müssen wir Silvester mit kaltem Eintopf feiern. Willst du das?«

»*Freunde?* Ich habe keine Freunde«, sagte Nessie. »Ich habe nichts, gar nichts.«

»Du hast eine Wahl«, sagte Fisch. »Und mich und Fränki. Und Lotti – Lotti hasst kalten Eintopf, wusstest du das?«

Wider Willen musste Nessie lächeln.

Fisch nahm ihr sanft das Streichholz aus der Hand. »Ich schlage vor, dass wir das neue Jahr mit Würde und warmem Essen beginnen. Und morgen kaufen wir uns ein Feuerzeug und denken über alles noch mal in Ruhe nach. Okay?« Er nahm sie, ohne zu fragen, in seine kräftigen Arme und hielt sie fest.

Nessie fühlte, wie ihr die Tränen in die Augen stiegen. Und dann weinte sie, zum ersten Mal seit vielen Jahren; laut und hemmungslos.

»Okay?«, fragte Fisch noch einmal.

»Ja«, flüsterte Nessie. »Ja. Ich denke, das ist okay.«

Roland Ballwieser und Petra Rinkes
Friede auf Erden

»Hast du eine Zigarette, Djeduschka?«

Wortlos zog er ein zerknülltes Päckchen aus der Tasche seines Weihnachtsmannmantels und hielt es ihr hin. Das Mädchen hustete. Obwohl es bitterkalt war, trug es einen Minirock, lange Lederstiefel und eine tief ausgeschnittene weiße Pelzjacke. Die sollte ihren Busen betonen, betonte aber nur ihre Magerkeit. Er nahm sich ebenfalls eine Zigarette. Zum Schutz vor dem beißenden Wind drückten sie sich eng an die Plastikplane. Eigentlich sollte die Plane den Blick in die Tiefe der Baugrube verdecken, aber sie war bereits zur Hälfte zerrissen, und der Drahtzaun hatte auch schon bessere Zeiten gesehen. Die Baufirma war pleite, und es wurde längst nicht mehr an der fünfstöckigen Tiefgarage weitergebaut.

»Danke, Djeduschka!« Das Mädchen ging wieder zu den anderen.

Er nickte wortlos. Djeduschka, Väterchen. So nannten sie ihn hier. Aber das war nicht immer so gewesen. Früher, ja früher, da hatten sie ihn Kolja genannt, den Bären.

»Kolja, hast du Schokolade für uns?« Das Mädchen im braunen Kleid strahlte ihn an. Sie war die Anführerin der Kindergruppe, die sich hier im tschetschenischen Kriegsgebiet durchzuschlagen versuchte, dabei war sie höchstens zwölf oder dreizehn.

Er lachte und zog drei Riegel aus der Seitentasche seiner Armeehose. »Hier Kotjenka, mein Kätzchen. Aber nicht alles auf einmal. Und schön teilen.«

»Danke!« Das Mädchen nahm die Riegel, und die Gruppe rannte davon, irgendwohin, wo sie ihr Versteck hatten und wo sie sicher waren vor den Granaten und den anderen Soldaten, die es nicht so gut mit ihnen meinten wie Kolja, der Bär.

Doch das war lange her, in einem anderen Leben. Jetzt war er Djeduschka, und von Kolja hatten die Jahre nicht viel übrig gelassen.

Heute war wenig los an seiner Straßenecke. Dabei war es eigentlich ein guter Platz. Zwischen S-Bahnhof und Einkaufszentrum. Die braven Bürger wechselten die Straßenseite, wenn sie die Nutten stehen sahen, und vor lauter Verlegenheit wanderte dann das eine oder andere Eurostück in seine hingehaltene Dose. An manchen Tagen nahm er mehr ein als die Kollegen in der Fußgängerzone, wo alle nur schnell vorbeihasteten.

Er beobachtete die Frauen, die von einem Bein auf das andere traten und versuchten, sich so eng wie möglich an die Hauswand zu drücken, um dem kalten Wind zu entgehen. Auch den Freiern war es heute wohl zu kalt, da würde es wieder Ärger mit den Zuhältern geben, wenn kaum Geld reinkam.

Ein schwarzer Mercedes hielt an, und das magere Mädchen von eben stieg nach kurzer Diskussion mit dem Fahrer ein. Sie winkte ihm zu, als sie an ihm vorbeifuhren.

Am nächsten Tag war es noch kälter. Er hatte sich mit Gewalt aufraffen müssen, am liebsten wäre er liegen geblieben in seinem Schlafsack in dem Abbruchhaus, das er vor zwei Wochen entdeckt hatte. Erstaunlicherweise hatten die Jugendlichen die Fenster noch nicht eingeworfen, und deshalb war es dort fast wohnlich, wenn man sich die Ratten und den Schimmel an den Wänden wegdachte.

Aber liegen bleiben kam für ihn nicht infrage, nicht seit Peter liegen geblieben war, letztes Jahr. Erfroren in einem Kellereingang. Von Peter hatte er den Weihnachtsmannmantel. Der brauchte ihn ja nicht mehr.

»Bitte schön!«

Eine Passantin hatte ein Eurostück in seine Dose geworfen.

»Danke sehr, frohe Weihnachten!«, antwortete er brav.

Heute lief es gut. Langer Einkaufssamstag. Auch bei den Frauen war mehr los als gestern. Immer wieder hielten Autos oder die Männer kamen zu Fuß, blickten sich misstrauisch um und gingen dann mit einer weg. Nur das magere Mädchen blieb ohne Kunden.

Der Ferrari des Zuhälters hielt gegenüber in der Feuerwehranfahrtszone. Henry, ein breitschultriger Bodybuildertyp mit einer Narbe quer über der linken Wange, stieg aus. Er ging von einer zur anderen. Alle gaben ihm Geld, bis auf das magere Mädchen. Der Zuhälter schrie sie an. Sie versuchte, sich an ihn zu schmiegen, doch er stieß sie weg und ohrfeigte sie brutal.

»Lass sie in Ruhe!«, rief Kolja von der anderen Straßenseite aus.

Der Kerl drehte sich um, musterte Kolja erstaunt und kam dann zu ihm rüber. Ohne Vorwarnung schlug er ihm die Faust in die Magengrube, und als Kolja sich vornüberkrümmte, verpasste Henry ihm noch einen

Tritt mit dem Knie ins Gesicht. Kolja schmeckte Blut in seinem Mund.

»Halt dich da raus, Alter! Ist besser für die Gesundheit, glaub's mir.« Damit drehte Henry sich um und stieg in seinen Ferrari.

»Halt dich da raus, ist besser für dich, glaub's mir!«

Der Unteroffizier sah Kolja ernst an. »Unsere Leute werden von denen massakriert, und du schenkst ihnen Schokolade. Du bist hier in der Spezialeinheit. Wir haben dir beigebracht, einen Menschen mit bloßen Händen zu töten, und das auf zweiundzwanzig verschiedene Arten. Deine Aufgabe ist es, unsere Feinde aufzuspüren und zu eliminieren. Und nicht diese verdammten Terroristen-Bälger großzufüttern, bis sie alt genug sind, ein Gewehr in die Hand zu nehmen.«

»Aber ...«, sagte Kolja, schwieg jedoch, als ihn der Unteroffizier mit zusammengekniffenen Augen ansah.

»Ich sehe schon«, sagte der, »du hast es immer noch nicht begriffen. Dann werden wir wohl nachhelfen müssen.« Er nickte den beiden zu, die Kolja herbegleitet hatten, und bevor er auch nur reagieren konnte, hatten die ihn auch schon in der Mangel.

Danach hatte er auch auf der Straße gelegen, so wie jetzt. Doch damals war er noch jung gewesen, Kolja, der Bär, nicht Djeduschka, das Väterchen. Und die beiden Schläger hatte er sich später noch richtig vorgeknöpft. Doch heute blieb ihm nichts anderes übrig, als sich wegzuschleppen, sich in irgendeiner nach Urin stinkenden Toilette das Blut aus dem Gesicht zu wischen und sich in seinen Schlafsack zu verkriechen.

Es dauerte drei Tage, bis er wieder an seiner Ecke stehen konnte. Doch einem Weihnachtsmann mit verschwollenem Gesicht spendeten die Passanten nicht gerne. Mütter schoben ihre Kinder schnell weiter, wenn sie ihn sich genauer ansehen wollten. Ganz anders die Nutten. Nach und nach kam jede und legte ihm ein Geldstück in die Dose, manche sogar ein Zweieurostück.

»Wo ist denn die magere Kleine, die mit dem weißen Pelz?«, fragte er.

Eine Rothaarige, die ihm gerade eine Zigarette anbot, fuhr erschrocken zusammen. »Sonja? Weiß nicht«, sagte sie, steckte die Zigaretten ein und stellte sich wieder zu den anderen.

Als der Ferrari auftauchte, verdrückte sich Kolja hinter den Bauzaun. Er hielt sich an dem dünnen Drahtgeflecht fest. Er sah hinunter. Fünf Stockwerke. Würde das genügen? Würde er etwas spüren?

Als er den Ferrari wegfahren hörte, kam er wieder hervor. Die Frauen standen mit gesenkten Köpfen da. Einige hatten rote Wangen, sicher nicht vom kalten Wind.

»Wo ist denn Kotjenka, mein Kätzchen?« Der Junge, der die Schokolade entgegennahm, sah ihn erschrocken an. »Kotjenka ... ist krank.« Schnell drehte er sich um. Kolja hielt ihn auf. »Krank? Wo ist sie? Führe mich hin!«

Widerstrebend führte ihn der Junge durch die zerbombten Ruinen. Mehrmals mussten sie Patrouillen ausweichen, und einmal verfehlte sie ein Scharfschütze nur um Haaresbreite. Dann, in einem nach Schimmel und Moder riechenden Kellerloch, kamen sie zu Kotjenka. Aber das, was er sah, hatte nichts mehr mit dem fröhlichen Mädchen zu tun, das er gekannt hatte. Ihr Gesicht war grün und blau. Verkrustetes Blut klebte in ihrem Haar.

»Kolja!« Sie öffnete eines ihrer verschwollenen Augen.

»Wer hat das getan?«, fragte er.

Doch das Auge schloss sich wieder. Kolja blickte zu dem Jungen, der ihn hergeführt hatte. »Soldaten«, sagte der nur und hob die Decke hoch. Die schmutzige Matratze darunter war blutdurchtränkt.

Kolja zog seinen Mantel enger um sich. Es war noch kälter geworden. Bald würde es schneien, das spürte er in den Knochen. Drüben steckten die Frauen die Köpfe zusammen, flüsterten miteinander, schauten zu ihm rüber. Erwarteten sie etwa von ihm Hilfe? Er lachte bitter. Djeduschka, der Hurenretter! Vor zwanzig Jahren, ja da hätte ein dahergelaufener Zuhälter gegen Kolja nicht den Hauch einer Chance gehabt. Aber auch damals hatte er nicht allen helfen können. Kotjenka ...

Eine der Frauen kam auf ihn zu, blickte über die Schulter und drückte ihm einen Zettel in die Hand. Er las: Sonja ist im Südklinikum, Unfallstation. Hat nach dir gefragt.

Kolja sah hinüber, doch die Nutten wichen seinem Blick aus. Er packte seine Sachen zusammen, wusch in der U-Bahn-Toilette die schlimmsten Flecken aus seinem Mantel, kaufte sich eine Fahrkarte und stand eine halbe Stunde später vor dem Eingang des Krankenhauses.

Am Empfang hatte sich eine Schlange gebildet, und so konnte er, ohne aufgehalten zu werden, hinein. Die Unfallstation war im ersten Untergeschoss. Auf der Treppe begegnete ihm eine Schwester, die ihm freundlich zunickte. Er war froh um sein Weihnachtsmannkostüm. In seinem alten Parka hätten sie ihn bestimmt gleich wieder rausgeworfen. Die beiden Ärzte, denen er im Gang begegnete, grüßte er freundlich, und schon war er auf der Station.

Das Schwesternzimmer war leer, und er überlegte, ob er hineingehen sollte, um zu sehen, auf welchem Zimmer Sonja lag. Da öffnete sich die Tür gegenüber.

»Kann ich Ihnen helfen?« Eine ältere Schwester musterte ihn von oben bis unten. Kolja lächelte. Auch wenn er wusste, dass sein Lächeln nicht mehr so unwiderstehlich war wie damals, als er noch alle Zähne hatte.

»Sie muss zu einem Arzt!« Aber Kolja wusste, das war unmöglich. Die russischen Militärärzte würden einen Teufel tun und ein Rebellenmädchen behandeln. Und bei ihren eigenen Leuten ... Sie dort hinzubringen würde für Kolja den sicheren Tod bedeuten. In diesem schmutzigen Krieg galt kein Völkerrecht, auf keiner der beiden Seiten.

Kolja nahm das Verbandspäckchen und eine kleine Flasche Wodka aus der Tasche seiner Kampfhose. Beides reichte er dem Jungen. »Ich bringe noch mehr. Auch Medikamente. Hilf ihr!«

Bevor er sich auf den Rückweg machte, küsste er Kotjenka sanft auf die Stirn. Sie lächelte – jedenfalls bildete Kolja sich ein, dass sie lächelte.

Als er das Krankenhaus verließ, musste sich Kolja erst einmal setzen. Er begann zu weinen. Es störte ihn nicht, dass ihn die Passanten irritiert ansahen. Ein heulender Weihnachtsmann vor dem Krankenhaus. Das musste ein merkwürdiger Anblick sein. Er lachte bitter und konnte nicht mehr aufhören zu lachen, bis zwei Männer des Sicherheitsdienstes kamen und ihn freundlich, aber bestimmt aufforderten, das Gelände zu verlassen.

Er ging wieder zu seiner Straßenecke. Wo sollte er auch sonst hin? Und es lief gut, bei ihm und bei den Nutten. Kurz vor Ladenschluss ging er zu einem Discounter und kaufte sich eine Flasche Schnaps. Das hatte er schon lange nicht mehr gemacht. Er verzog sich an seinen Schlafplatz und leerte die Flasche fast auf einen Zug. Doch statt die Erinnerungen zu verscheuchen, holte der Alkohol sie wieder zurück. Wie er die Medikamente hatte stehlen wollen und wie sie ihn dabei erwischten. Wie sie ihn zehn Tage in den Bau sperrten und danach für ein Himmelfahrtskommando einsetzten. Die Mine, die ihn fast das Bein gekostet hatte. Dann die jahrelange Odyssee, die ihn letztendlich hierhergeführt hatte, in ein fremdes Land, wo er die Sprache kaum verstand.

Als er aufwachte, fühlte er sich, als hätten ihn die beiden Schläger und Henry gleichzeitig in die Mangel genommen. Angewidert warf er die leere Flasche gegen die Wand. Er wollte nicht wieder in Selbstmitleid versinken, nicht wieder jahrelang in betrunkenem Dämmerzustand dahinvegetieren. Er quälte sich aus seinem Schlafsack. Heute war Heiligabend, und er musste zurück an seinen Platz.

Obwohl er sich von seinem letzten Euro eine Packung Pfefferminzdrops gegen die Alkoholfahne gekauft hatte, blieb seine Dose heute fast leer. Jeder hatte es eilig, sogar die Freier waren schneller fertig als sonst. Die mussten schließlich pünktlich zum Weihnachtsgottesdienst wieder zu Hause sein, bei ihren Familien.

Es hatte begonnen zu schneien. Schnell bedeckte eine dünne, weiße Decke die Straßen. Gut, so würden die Menschen bester Stimmung sein, wenn die Gottesdienste aus waren, und der Geldbeutel würde locker sitzen.

Doch seine weihnachtliche Stimmung verflog, als der Ferrari um die Ecke bog. Diesmal versteckte er sich nicht hinter dem Bauzaun. Er sah sich den Scheißkerl genau an, wie er abkassierte. Henry hatte offenbar tüchtig was eingeschmissen, so schmierig wie er lächelte und so großzügig wie er Küsschen verteilte. Schließlich fiel Henrys Blick auf Kolja. Er kam zu ihm rüber und warf ihm einen Zehneuroschein in die Dose.

»Sollst auch nicht leben wie ein Hund, Alter. Und wenn du mal eines der Mädchen haben willst ... Für dich mach ich einen Sonderpreis. Und du kannst sie ruhig etwas härter anfassen, das mögen sie.«

Henry lachte und drehte sich um.

Kolja blickte auf den Zehneuroschein. Alles verschwamm vor seinen Augen.

Sonja ... Kotjenka ... Tschetschenien ... zweiundzwanzig Methoden, einen Menschen mit bloßer Hand ... Henry ...

Kolja stand am Bauzaun und sah nach unten, wo sich fünf Stockwerke tiefer Henrys Leiche vom frisch gefallenen Schnee abhob. Mit heulender Sirene kam ein Streifenwagen herangebraust.

Die Polizisten, ein Mann und eine Frau, stürzten heraus. »Was ist hier passiert?«

Kolja drehte sich langsam um. »Ich ...«, begann er. Da wurde er von einer der Nutten unterbrochen.

»Es war ein Unfall. Der alte Mann hier hat noch versucht, Henry festzuhalten, aber es war zu spät.«

Irritiert sah Kolja sie an.

»Haben Sie uns angerufen?«, fragte die Polizistin.

Das Mädchen nickte. »Ich habe Henry noch gesagt, es ist keine gute Idee, da hinunterzupinkeln.«

Eine zweite mischte sich ein. »So wie der drauf war, hat er bestimmt wieder alles Mögliche durcheinander genommen.«

Inzwischen waren weitere Wagen eingetroffen, und die ersten Polizisten versuchten, in die Baugrube zu klettern.

Gerade rechtzeitig vor Ende der Weihnachtsgottesdienste gaben die Polizisten die Straße wieder frei. Für sie war der Fall klar, ein zugedröhnter Zuhälter war beim Pinkeln abgestürzt. Da ermittelt man nicht groß.

»Christ ist geboren, tönt es überall!« Das kleine Mädchen an der Hand seiner Mutter sang mit Inbrunst. Kolja lächelte und nickte ihm zu. Die Mutter gab dem Kind zwei Euro, die es stolz in Koljas Dose legte.

»Vielen Dank, frohe Weihnachten!«, sagte er.

»Frohe Weihnachten! Und Frieden auf Erden!«, antwortete die Kleine.

Kolja blickte zurück in die Baugrube, wo Absperrbänder und gelbe Schilder langsam vom Schnee bedeckt wurden.

»Friede auf Erden!«, sagte er.

Killen McNeill
Der Schuh des Nikolaus

Kurz bevor ich zur letzten Tour am Nikolaustag aufbreche, drückt mir der Heiner noch schnell einen Zettel in die Hand. »Des kannst noch mitnehmen«, sagt er. »Banatstraße. Einfach reingehen, Geschenkesack liegt vor der Tür, hat's geheißen, brauchst nix song, na ho – ho – ho vielleicht. Kennst den? Was sagt ein französischer Weihnachtsmann?«

»Ja, Heiner, kenn ich. O – o – o sogt der. Und wo übernachtet der Nikolaus, wenn er unterwegs ist?«

»Keine Ohnung.«

»In einem Ho – ho – hotel.« Ich stecke den Zettel in meine Nikolausmanteltasche und mache mich mit dem alten Golf auf den Weg.

Also in der Banatstraße geparkt, Zettel rausgefischt, kann ich nicht richtig lesen, wieso schreiben die Leute allerweil so klein und drucken die Bücher ebenso? Irgendwas mit e, Elias könnte sein, Banatstraße 54, und dann vielleicht c. Oder e? Ich habe die Brille von der Nikolausgarnitur auf, weil der Bart daran festgemacht ist. Aber in der Brille sind keine echten Gläser drin. Soll ich etwa die Nikolauskapuze runtertun, die Brille mit Bart abnehmen, die eigene Brille herauskramen, den Zettel lesen und die ganze Prozedur rückwärts durchziehen?

Da knirscht es auf dem Gehsteig; im Seitenspiegel sehe ich, wie ein Junge auf seinem Trettraktor mit Anhänger daherradelt, also schwinge ich mich schnell aus dem Auto, just als der Junge an mir vorbeifahren will.

»Na, das ist aber ein schöner Bulldog«, sage ich. »War der Nikolaus wohl gerade bei dir?« Dann fällt mir meine Kostümierung ein. »Ich meine, war ich bei dir? Oder ein anderer Nikolaus, ich meine, einer von mir? Einer von uns?«

Das Kind schiebt nur seine Unterlippe vor. Dann betrachtet es mein Fußwerk. Schuhe beim Nikolaus sind ungemein wichtig. Wenn ihr zu geizig seid, um einen Profi wie mich anzuheuern und unbedingt selber den Nikolaus geben wollt, dann zieht wenigstens Schuhe an, die eure Kinder nicht kennen. Ich habe richtige Pelzstiefel an, wie es sich gehört.

»Du hast andere Schuhe an«, sagt er. »Bei uns im Haus hast du Papas Schuhe angehabt.«

Jetzt soll ich dem Geizhals von Papa auch noch aus der Patsche helfen. »Ich ziehe immer die Schuhe vom Papa an«, sage ich. »Ist Vorschrift. Damit die Kinder keine Angst haben. So. Kannst du mir das mal vorlesen?«, frage ich und halte ihm den Zettel vor die Nase.

»Ich kann noch gar nicht lesen«, sagt der Bu. »Ich bin doch noch gar nicht in der Schule. Warum kannst du nicht lesen, wenn du der Nikolaus bist?«

»Das macht sonst der Knecht Ruprecht«, sage ich. »Aber der ist heute krank.«

»Bei mir war er aber da. Der ist hinten nausgegangen. Vielleicht ist er bei uns noch im Garten. Er hatte die gleichen Schuhe an wie der Marius. Das ist mein Onkel. Wollen wir ihn suchen?«

Aha. Eine weitverzweigte Sippschaft von Geizkrägen.

»Geh du ihn mal suchen. Ich muss hier weitermachen, dass ich fertig werde.«

Der Bu vollführt ein kompliziertes Wendemanöver mit seinem Traktor und fährt knirschend davon.

Ich schaue mir das Haus genauer an, vor dem ich stehe. Genauer gesagt schaue ich mir die beiden Doppelhaushälften an, vor denen ich stehe. Beleuchtete Hausnummern, die Haustüren direkt nebeneinander, Glastüren, von innen beleuchtet, sehen aus wie zwei schielende Augen. 54 a und b. Also fast erwischt. Ich laufe ein paar Schritte weiter. Das gleiche Bild. Zwei Doppelhaushälften. Beleuchtete Hausnummern. 54 c und d. Außen liegt ein Sack genau zwischen beiden Haustüren. Das ist das letzte Gebäude vor dem Wald. Von e keine Spur. Also muss es c sein. Links ist c, rechts d.

Ich hebe den Sack hoch, schiebe die Tür von der c auf, sie ist offen, also bin ich richtig. Und gehe gleich links rein ins Wohnzimmer, ohne zu klopfen.

Schwarze Lederwohnlandschaft, grauer Schiefertisch, silberne Stahlregale, Riesenfernseher, und davor steht ein Paar in einer unbeholfenen, ineinander verschlungenen Pose erstarrt, wie zwei ungelenke Promis bei *Let's Dance*. Dann fliegt etwas Schwarzes vom Kopf der Frau wie eine Schwalbe im Tiefflug; es dauert einen Moment, bis mein Hirn registriert, dass es keine Schwalbe ist, sondern eine Knarre, die der Mann gerade an ihre Stirn gehalten hat, und nun hat er sie in seine Hosentasche gesteckt.

Einfach weitermachen, als ob nichts ist, bis ich hier wieder rauskomme, dann die Polizei anrufen.

»Wo ist denn der kleine Elias?«, frage ich.

»Wir haben keinen Elias«, sagt der Mann. Er ist groß und wie halt junge Männer so sind, mit der Art Muskeln, die es früher gar nicht gegeben hat, viel Gel im Haar und die Augen so eng zusammen wie die Haustüren außen.

Ich setze den Sack ab, krame den Zettel hervor und studiere ihn. »Könnte auch Eliah heißen. Elisa ginge auch. Dann wär's ein Mädchen. Habt ihr vielleicht eine Elisa?«

»Wir haben keine Kinder«, sagt die Frau. Sie hat lange, schwarze Haare, trägt T-Shirt und Jogginghose und schaut mich mit abgesetzten Augenbrauen an wie eine strenge Bibliothekarin. Und sie hat einen roten Striemen am linken Oberarm.

»Was ist das hier für eine Hausnummer?«

»54 c«, sagt sie. Jetzt merke ich, dass ihr Blick nicht streng war, sondern dass die Augenbrauen zittern.

»Und was steht da drauf?« Ich halte dem Mann den Zettel entgegen.

Er nähert sich, und ich kann die Wölbung sehen, die die Pistole in seiner rechten Hosentasche aufwirft.

»54 d.«

»Ach«, sage ich. »Dann ist alles klar. Es ist die blöde Brille, wissen Sie. Ich kann meine normale Brille nicht aufsetzen, weil der Bart an dieser hängt, und das ist nur so eine Spielzeugbrille, da sind keine echten Gläser drin.«

Sie schauen mich beide an.

»Ich könnte natürlich meine Lesebrille aufsetzen, aber da müsste ich vorher die Kapuze runtertun und den Bart absetzen, und das kommt nicht gut, wenn Kinder da sind. Aber hier sind ja keine.«

Der Mann schüttelt mit dem Kopf, die Frau steht da mit verschränkten Armen.

»Tja. Dann geh ich wieder. 54 d. Nebenan. Ich finde selber raus. Frohe Weihnachten. Vielleicht ist nächstes Jahr was Kleines da, dann komme ich wieder.«

»Sie können mich doch nicht mit dem alleine lassen«, sagt dann die Frau. »Sie haben doch gesehen, er will mich umbringen.«

»Gar nichts habe ich gesehen«, sage ich. »Außerdem ist es halt Advent und so. Stressige Zeit. Da wird immer viel gestritten. Was glauben Sie, was ich alles schon erlebt habe. Ach, Gott. Wird schon wieder wern. Wie bei der Frau Kern, ihr wisst schon. Also dann.«

Die Frau schaut mich an, als ob ich nicht ganz dicht bin, und der Mann, als ob er in Gedanken ganz woanders ist.

»Ich geh mit«, sagt er. »Ich muss in der Straße was zurückbringen.« Und er läuft mir voraus, zur Haustür.

Der Schlüssel steckt drinnen.

Draußen zündet er sich eine Zigarette an, bietet mir eine an.

»Bin auf Entzug«, sage ich.

»Das vorhin hatte nichts zu bedeuten«, sagt er.

»Klar«, sage ich. »War ja nichts.«

»Bist verheiratet?«

»Ja.«

»Dann weißt eh Bescheid.«

Klar. Ich bedrohe meine Frau auch täglich mit einer Knarre, ist ja nichts dabei. Also Planänderung. »Ich habe den Sack vergessen«, sage ich, gehe ins Haus, mache die Tür zu und versperre sie.

Ich betrachte sie kurz von hinten, beruhigend stabil, verstärktes Glas, Stahlrahmen.

Dann pumpert eine Faust dagegen, eine Stimme ruft »Arschloch!«, und ich höre Laufschritte, die nach rechts ums Haus verschwinden.

Scheiße. Die Hintertür.

Ich renne den Hausgang nach hinten, laufe eine kleine Treppe nach unten, durch eine offene Tür, in eine Küche, um einen riesigen Herdblock in der Mitte, wie ihn oft Leute haben, die nicht kochen können, von links erscheint durch das Fenster ein Schatten, der auf die gleiche Tür zusteuert wie ich, ein Schlüssel steckt, ich drehe ihn um, am Griff wird gerüttelt, es pumpert wieder. Zwei Handflächen erscheinen am Fenster und dazwischen eine Fratze, die irgendetwas Unverständliches von sich gibt. Er traut sich nicht zu schreien, wegen der Nachbarn wahrscheinlich, das ist gut. Die Fratze verschwindet.

»Jetzt holt er sich einen Stein zum Fenstereinwerfen«, sagt die Frau, die neben mir erschienen ist. Sie drückt einen Knopf neben der Tür, Rollos surren nach unten. »Einbruchsicher«, sagt sie. »Hat er selber eingebaut, müsste er eigentlich wissen.« Dann läuft sie zurück ins Wohnzimmer, ich hinterher. Sie ist barfüßig, ihre Füße klatschen auf den Terrakottafliesen. Im Wohnzimmer lässt sie ebenfalls die Rollos herunter.

»Macht er das öfter?«, frage ich.

»Jedes Mal, wenn ich ihn verlassen will.«

»Also meint er es nicht so ernst.«

»Diesmal schon. Das mit der Pistole ist neu.«

»Rufen wir die Polizei an.«

»Wie denn?«

»Na, mit dem Telefon.«

»Wir haben kein Festnetz. Und er hat mein Handy und seins bei sich. Er kontrolliert immer mein Handy. Haben Sie eins?«

»Im Auto, ja.«

»Na, also.«

»Würde er Sie wirklich erschießen?«

Sie setzt sich in einen der schwarzen Ledersessel und fängt am ganzen Körper an zu zittern. »Ich weiß es nicht. Wenn er in Rage ist, traue ich ihm alles zu.« Das Zittern überträgt sich auf ihre Zähne. »V-v-vorhin hätte er es, glaube ich, getan, wenn Sie nicht erschienen wä-wären.«

»Und dass er ins Gefängnis kommt?«

»Ist ihm in dem Mo-Moment egal. Außerdem war er schon dr-drin.«

»Weswegen? Sagen Sie bloß, er hat eine Frau umgebracht.«

»N-Nein.«

»Gott sei Dank.«

Auf dem Schiefertisch vor ihr stehen eine Flasche Wodka und zwei Gläser, sie schenkt sich einen kräftigen Schluck ein, stürzt ihn hinunter und schüttelt sich. »Es war ein Mann«, sagt sie mit ruhigerer Stimme.

»Oh.«

»Nicht umgebracht. Krankenhausreif geprügelt. Aber er hat's nicht so gemeint. Es war im Affekt. Der hat ihn halt wahnsinnig gereizt.«

»Ja, dann. Bin ich froh, dass ich ihn nicht gereizt habe.«

So wie sie schaut, hat sie es wohl nicht mit der Ironie.

»Ich will nicht den ganzen Nikolausabend hier verbringen«, sage ich. »Wir müssen eine Lösung finden. Also, wir sind hier drinnen, und er ist draußen, und wir können nicht raus, und er kann nicht rein.«

»Richtig.«

»Besser wär's aber, er wäre hier drinnen und käme nicht raus, und wir wären draußen.«

»Da haben Sie es aber falsch angepackt.«

»So, jetzt bin ich schuld. Sie haben es noch viel früher falsch angepackt. Warum sind Sie überhaupt mit dem Arschloch zusammen?«

»Er ist ja nicht immer so.«

»Ach so, ja. Er hat Sie ja auch noch nicht umgebracht. Muss man auch positiv sehen.«

»Wollen Sie nicht wenigstens den Bart absetzen? Ich habe dauernd das Gefühl, Sie schlagen gleich Ihr goldenes Buch auf und lesen mir vor, was ich alles falsch gemacht habe im letzten Jahr.«

»Hm. So besser?«

Sie nickt.

»Also ich finde, wir müssen an der Situation was ändern«, sage ich.

»Sie meinen mit dem Drinnen und Draußen.«

»Genau.«

»Wir könnten rausgehen. Aber dann bringt er uns um. Ich meine, eventuell. Vielleicht.«

»Ist mir schon zu weit oben auf der Wahrscheinlichkeitsskala.«

»Aber wenn wir ihn reinlassen, könnte er uns auch umbringen.«

»Wir müssen es irgendwie hinkriegen, dass wir genau dann das Haus verlassen, wenn er ins Haus kommt.«

Sie schaut mich an, dann schüttelt sie den Kopf und nimmt noch einen Schluck Wodka, statt mir eine Antwort zu geben.

»Jetzt denken Sie mal mit«, fordere ich sie auf. »Wie könnte er sonst ins Haus, wenn er nicht ins Erdgeschoss reinkommt?«

»Na ja, er könnte die Leiter aus der Garage holen, zum Schlafzimmerfenster hinaufklettern, die Fenster einschlagen und eben reingelangen.«

»Kommt er von selber darauf?«

Im selben Moment höre ich das scharrende Geräusch, das eine Leiter macht, wenn man sie an Betonfliesen entlangschleppt. Die Frau japst kurz auf, wie ein Hund, dem man auf den Schwanz getreten ist, und kauert sich noch mehr in ihrem Sessel zusammen.

»Ruhig«, sage ich. »Das ist doch genau das, was wir wollen.«

»Dass er ins Haus kommt und uns umbringt?«

»Das mit dem Drinnen und Draußen, wissen Sie noch? In dem Moment, in dem er in den oberen Stock einsteigt, gehen wir raus und schmeißen die Leiter um, dann ist er drinnen und kommt nicht raus, und wir sind draußen und wollen nicht rein.«

»Und wie erwischen wir genau den Moment? Damit wir nicht alle drei entweder drinnen sind oder draußen?«

Durch die Hauswand dringen federnde Schritte auf Aluminiumsprossen.

»Der Moment ist früher da, als Sie denken. Kommen Sie.«

Sie folgt mir zur Tür, ich sperre sie auf, wir gehen hinaus und spitzen um die Ecke. Gegen einen großen, tief hängenden Mond zeichnet sich der schwarze Umriss einer Leiter ab und fast oben die ebenfalls schwarze Figur des Mannes. Es sieht aus, als wolle er auf der Leiter zum Mond hinaufsteigen.

Ein Finger tippt mir auf die Schulter. »Wir haben etwas vergessen«, flüstert die Frau hinter mir. »Er kann die Rollos hochfahren, dann ist er gleich draußen. Mit uns. Also genau das, was wir nicht wollten.«

»Scheiße«, sage ich. Der Mann hält sich an den Sprossen mit beiden Händen fest, folglich kann er die Pistole nicht in der Hand haben. Ich nehme Anlauf zur Leiter und ramme sie mit der rechten Schulter. Ein stechender Schmerz durchblitzt mich vom Hals bis zum Steißbein. Das obere Ende der Leiter schrammt an der Hauswand entlang, der Mann schreit etwas, das sich wie ein lang gezogenes »Aaaaaiiii!« anhört, dann klatscht es einmal dumpf und rumpelnd und gleich darauf einmal metallisch klappernd irgendwo weiter vorne an der Hausseite.

Früher, als ich ein Bu war und wir unsere Großeltern auf ihrem Bauernhof draußen bei Effeltrich besuchten, habe ich mit meinem Bruder von den aufgestapelten Strohballen in der Scheune Wettspringen gemacht, bis er eines Tages so weit gesprungen ist, dass er mit dem Rücken auf dem Betonboden aufprallte. Er bekam eine gefühlte Ewigkeit keine Luft, schnappte wie ein gestrandeter Fisch und bekam einen tiefroten Kopf. So liegt jetzt auch der Typ da, als ich hinkomme, die Laute, die er von sich gibt, sind die gleichen, auch wenn ich seine Gesichtsfarbe nicht ausmachen kann. Auf jeden Fall kann ich völlig ungefährdet die Pistole aus seiner Hosentasche ziehen. Sie ist unerwartet leicht.

Da kommt die Frau angerannt. Ihr Mann, oder Freund, liegt immer noch auf dem Rücken und macht Geräusche wie ein Auto, dessen Batterie in Ordnung ist, aber dafür der Anlasser im Eimer. Sie kniet sich nieder zu ihm. »Bärli, Bärli«, ruft sie. »Ist dir was passiert?«

Ich traue meinen Ohren nicht. »Was soll das heißen, ist ihm was passiert? Hoffentlich ist ihm was passiert.«

Sie schaut mich ganz böse an, hebt seinen Oberkörper hoch und haut ihm ein paarmal auf den Rücken. Auf einmal holt er so gewaltig Luft wie ein Wal nach einem langen Tauchgang.

Dann ist auch der Junge von vorhin da. Er hat seine Unterlippe wieder schmollend nach vorne geschoben. »Das ist meine Pistole«, sagt er und deutet auf die Waffe in meiner Hand. »Die hat der Knecht Ruprecht vorhin von mir ausgeliehen. Der Nikolaus hat sie mir geschenkt, und der Ruprecht hat sie gleich genommen. Er hat gesagt, die kann er gut gebrauchen und er bringt sie gleich wieder. Aber er hat sie nicht gebracht.« Dann erspäht er den Mann, der sich gerade aufrichtet und immer noch tief Luft holt. »Onkel Marius!«, ruft er und rennt auf ihn zu. »Der Knecht Ruprecht hat die gleichen Schuhe wie du! Und er hat sich meine Pistole geliehen, die mir der Nikolaus geschenkt hat!«

Jetzt merke ich, dass die Pistole aus Plastik ist.

Der Marius hebt sich langsam selber hoch, fischt in seiner Hosentasche und holt ein Handy heraus. »So«, sagt er. »Und jetzt rufen wir die Polizei an. Wegen dem Nikolausarschloch. Ich hätte tot sein können.«

Barbara Dicker
Schönste Bescherung

Lichter blinkten, weiß und golden und rot. Setzten Glanz-
punkte auf Sternengirlanden, Schneeglimmer, schim-
mernde Christbaumkugeln. Sie schlenderte an den
Regalen vorbei, fing ihr Bild in einem der Spiegel auf, vor
denen junge Mädchen Lippenstifte testeten. Wer ist die
Schönste im ganzen Land? Sie lächelte, blies eine blonde
Strähne, die sich aus ihrem locker gesteckten Haarknoten
gelöst hatte, mit ihren perfekt geformten Lippen weg und
ließ einen Parfümkarton in ihrer Prada-Tasche verschwinden. Ein pickeliger Junge, der einen unförmigen Rucksack auf dem Rücken trug, drückte sich in der Nähe der
Mädchen herum. Er mochte so alt sein wie sie, vielleicht
sechzehn, siebzehn, wirkte aber jünger, unfertig, unge-
lenk. Sein rundes Gesicht glänzte. Sie fühlte fast etwas
wie Mitleid mit ihm. Bei den hübschen kleinen Dingern
würde einer wie er, der schon vor dem ersten Annähe-
rungsversuch schwitzte, nicht landen können. Von draußen hörte man glühweinselige Menschen lachen, drinnen
tönten Glockenschläge aus den Lautsprechern, unterlegt
von Achtzigerjahre-Synthesizern. Band Aid, ach ja. Sie lächelte einem Kind zu, das unter Einkaufstüten fast begraben in seinem Buggy saß, und griff sich im Vorübergehen
eine kleine Tüte mit aufgedrucktem Rolex-Logo. Der Junge mit dem Rucksack wurde in einer Abteilung für Neben-
sächliches in ihrem kühl kalkulierenden Gehirn abgelegt.

Sie nutzte ihre Zeit, und so fiel die Ernte besser aus
als erwartet. Der Stopp in dieser Stadt war nicht geplant

gewesen. Aber da sie sich ihre Laune nicht von Kleinigkeiten wie defekten ICE-Loks verderben ließ, hatte sie den spontanen Aufenthalt mit einem Ausflug ins historische Stadtzentrum verschönert. Sie sah sich den Bamberger Reiter im Dom an, legte einen kleinen Obolus in den Opferstock, bestaunte den Kaisermantel und wie gut er gegen Diebstahl gesichert war, spazierte über das halsbrecherische Kopfsteinpflaster des Domplatzes in die Neue Residenz, sparte sich eine Besichtigung des Kaisersaales, atmete stattdessen die winterliche Luft des kältestarren Rosengartens, bewunderte den dortigen Ausblick über die Dächerlandschaft der Altstadt, schlenderte dann an barocken Häusern vorbei wieder den Hügel hinunter, erstand eine Tüte Maroni bei einem Verkäufer, der sich vor einer Skulpturengruppe auf einer Brücke über den schmalen Fluss positioniert hatte, und aß sie, den Rücken an die Steinbalustrade gelehnt. Im Licht der untergehenden Wintersonne sah sie selbst wie eine Skulptur aus, aber eine zartgliedrig-elegante. Touristengruppen, die ihren Führern in die Geheimnisse der engen Gassen folgten, defilierten an ihr vorbei. Die Männer warfen ihr sehnsüchtige Blicke zu, die Frauen verstohlen neidische. Es begann zu schneien. Zeit, wieder ihre Fingerfertigkeit zu üben. Sie knüllte die leere Tüte zusammen, drückte sie einem Touristen in die Hand und machte sich auf den Weg zu dem Kaufhaus, das sie auf dem Hinweg gesehen hatte. Der Tourist schaute ihr mit glücklichem Grinsen im Gesicht hinterher. Erst zurück auf dem Kreuzfahrtschiff merkte er, dass seine Kamera weg war.

Das Kaufhaus war klein, bot aber ein recht einladendes Warenspektrum. Keine Luxusmarken wie das KaDeWe in der Hauptstadt, das eigentlich ihr Ziel gewesen war, aber durchaus Hochpreisiges, angenehm präsentiert. Nimm uns mit, sagten die weihnachtlich dekorierten Dinge. Und sie nahm. Die geräumige Handtasche, neben ihren Fingern fast ihr wichtigstes Arbeitsgerät, war zur Hälfte gefüllt. Sie schaute auf ihre schmale, goldene Uhr (eine Erinnerung an einen ihrer letzten Einsätze im Münchner Oberpollinger) und lenkte ihre Schritte an den kichernden Mädchen vorbei zu den Aufzügen. In der Zurückgezogenheit einer Kabine der Kundentoilette würde sie ihre Beute von den Etiketten befreien, die sie vor geschickten Händen wie den ihren schützen sollten. Im dritten Stock stieg sie aus, stieß die Glastür ins Treppenhaus auf und verließ die weihnachtliche Glitzerwelt. Die Wände waren schmutzig weiß, die grauen Stufen zeigten Spuren der vielen Winterstiefel, die auf ihnen ihre Abdrücke hinterlassen hatten, das Geländer wackelte leicht, als sie nach oben stieg. Nur die Musik brachte die Weihnachtsstimmung hinter die Kaufkulisse. »Feed the World« hieß es schon wieder. Die Kaufhausleitung schien nur eine begrenzte Musikauswahl zu haben. Die Damentoiletten lagen auf halber Treppe. Beim ersten Absatz kam ihr der Rucksackjunge entgegen. Er trug den leeren Rucksack über der Schulter. Ihrem Kennerblick entging nicht, dass der Junge jetzt etwas dicker aussah. Ein kleiner Kollege, dachte sie amüsiert. Besser für ihn, für Liebesabenteuer war er nun wirklich zu unansehnlich. Zu unhöflich auch: Als er an ihr vorbeiging, rempelte er sie an. Sie stieß mit dem Arm gegen ihn. Rein gewohnheitsmäßig schob sie die Hand in seine Jacke. Sie fühlte etwas Rundes, Metallisches, Schweres, an dessen einem Ende eine Art Kette befestigt war. Im Bruchteil einer Sekunde hatte sie die Hand wieder herausgezogen.

Ohne sie anzusehen und natürlich ohne sich zu entschuldigen, setzte der Junge seinen Weg nach unten fort. Sie blieb stehen, schaute ihm hinterher. Als er sich in der Tür ein wenig seitlich drehte, zeichnete sich unter seinem Anorak der Gegenstand ab, den sie ertastet hatte. Es schien ein mittelgroßes Rohr zu sein. Dann fiel ihr ein schwarz umhüllter Draht auf, der wie ein Schwänzchen an der linken Seite der grellbunten Jacke auf Höhe des fleischigen Hinterns des Jungen baumelte. Sie runzelte die Stirn und stieg zwei Stufen weiter nach oben. Sie hörte die Glastür klappern, als der Junge in die Verkaufsräume zurückkehrte. Sie blieb ein weiteres Mal stehen, senkte den Kopf, biss sich auf die Lippen. Vielleicht hatte er sich ja in der Heimwerkerabteilung günstig ein Weihnachtsgeschenk besorgt. Es ging sie nichts an, welchen seltsamen Geschmack Berufsgenossen bei ihrer Arbeit an den Tag legten. Sie hob einen Fuß, als ob sie eine weitere Stufe nehmen wollte. Und doch. Sie atmete tief ein. Dann drehte sie sich um und lief ihm hinterher ins Kaufgeschehen.

Sie sah ihn nicht mehr, als Glanz, Sternenfunkeln und Wärme sie wieder umgaben. Hier im dritten Stock war die Spielzeugabteilung. Scharen von Eltern, ihre Sprösslinge im Schlepptau oder müde hinter ihren munteren Nachkommen, die vor ihnen hertollten, herziehend, verdeckten ihr die Sicht. Sie reckte sich, um ihren eins siebzig noch ein paar Zentimeter hinzuzufügen, und drehte suchend den Kopf. Nichts. Alle schienen in dieser Saison knallbunte Jacken zu tragen. Sie spürte, wie sie leicht zu schwitzen begann, als sie plötzlich etwas am Bein berührte. Sie fuhr leicht zusammen. Ein kleines Mädchen, das ein Dreirad ausprobierte, strahlte sie an. »Endschuldigung«, sagte eine Frau und zog die Kleine mit sich. »Bass hald auf«, hörte sie noch, »sonst bringt des Christkindla dir fei nix.« In der Schneise, die sich für Mutter und Kind in der Kundenmenge öffnete, glaubte sie, den dicklichen Jungen zu erkennen. Sie rannte los. Bei den Barbiepuppen hatte sie ihn eingeholt. Sie verlangsamte ihren Schritt und musterte ihn von der Seite. Ein mittelalter Mann mit schütterem Haar wandte den Kopf zu ihr und blickte sie bewundernd an. Sie bog die Mundwinkel im Versuch eines Lächelns nach oben, machte auf dem Absatz kehrt und verschwand in der nächsten Regalgasse.

Auch die war gestopft voll, überall Kinder, Eltern, Großeltern. Sie fühlte, wie ein Schweißtropfen über ihre Nasenspitze rann. Sie tupfte ihn ärgerlich mit der Spitze ihres manikürten Fingers weg. Sie glaubte, einen leichten Benzingeruch wahrzunehmen. Die Tasche mit ihrer Beute wog schwer. Sie sollte den unhöflichen Pickelkerl mit seiner geschmacklosen Jacke und seinem seltsamen Rohr seiner Wege gehen lassen. Sie sollte sich um die Etiketten kümmern. Sie sollte ihre eigenen Angelegenheiten erledigen. Und ja, sie wusste, dass es Weihnachten war, auch ohne dass Bob Geldof und Konsorten ständig davon sangen. Das Lied lief jetzt das gefühlte zwanzigste Mal und ging ihr mit seinem laut herausgesungenen Gutmenschentum allmählich auf die Nerven. Saison hin oder her, sie musste sich um ihre Arbeit kümmern. Sie schaute um sich, sah hinten links die Hinweistafel auf die Kundentoiletten, steckte im Losgehen noch ein Teleskop für Kinder ein und erhaschte einen Blick auf gerundete Schultern in einer grellbunten Jacke. Sie stöhnte leise, dann lief sie dem Jungen hinterher. Es ist der letzte

Versuch, sagte sie sich, ich bilde mir da etwas ein, in dieser Provinzidylle sind keine Rohrbombensprenger unterwegs, und überhaupt, was habe ich mit der Stadt zu schaffen, eigentlich sitz ich im ICE, KaDeWe, ich komme. Das Gedränge war hier noch dichter. Mit künstlichem Tannengrün und Christbaumkugeln verzierte Schilder wiesen darauf hin, dass zu jeder vollen Stunde der Weihnachtsmann auf der Eventbühne Wünsche entgegennehmen würde. Den Scharen von Kindern nach zu urteilen war es bald wieder so weit. Mechanisch ließ sie das Teleskop in die Prada-Tasche gleiten und schob sich im Gefolge einer Mutter mit drei Kindern in die Richtung, in der sie die Bühne vermutete. Zwei Regalgassen weiter ging nichts mehr. Auf kleinen Stühlchen saßen kleine Kinder, die Eltern knieten daneben. Auf der Bühne, die sie über dem Meer von Pudelmützen und zerzausten Haarschöpfen sah, war ein mit grünem Plüsch bezogener Lehnsessel aufgebaut, daneben ein wackelig wirkender Stapel bunt verpackter Geschenke mit großen Schleifen. Schräg hinter der Bühne entdeckte sie den Jungen. Er hatte den Reißverschluss seiner Jacke geöffnet, seine rechte Hand fingerte an dem metallischen Teil, das er linkisch mit einem Jackenzipfel zu verbergen sich anstrengte. Er schien nervös, sein Gesicht war bleich mit roten Flecken auf den Wangen. Sie hob ihre Tasche so, dass sie keinen Kinderkopf treffen würde, und suchte sich einen Weg hin zur Bühne. Sie zog ihre Knie hoch und stakste wie ein Storch durch das Gewoge. Mütter murrten und Väter starrten, als sie sich Meter für Meter vorwärtskämpfte. Neben dem Lehnsessel war jetzt ein kleiner Engel aufgetaucht, mit langen, blonden Locken, weißem Gewand und goldenen Flügeln auf dem Rücken. Die Kinder jauchzten, und der dickliche Junge neben der Bühne stierte auf das Himmelswesen. Sie nutzte es aus, dass seine Aufmerksamkeit nicht auf sie gerichtet war, und legte die letzten paar Schritte bis zur Bühne so schnell wie möglich zurück. Applaus brandete auf, helle Kinderstimmen jubelten: Der Weihnachtsmann kam. Unter Ho-ho-ho-Gerufe und dem Glöckchengebimmel des Rauschgoldengels nahm er auf dem Sessel Platz.

Sie drückte ihre Tasche fester an sich und drängelte sich durch die jetzt spärlich werdenden Zuschauer neben der Bühne, bis sie beim Ziel ihrer Verfolgungsjagd zu stehen kam. »Hallo«, sagte sie betont munter zu ihm. Er zuckte nervös zusammen. »Ist hier immer so viel los? Würde es Ihnen etwas ausmachen, ein Foto von mir und dem Weihnachtsmann zu machen? Ich habe mein Handy noch nicht so lange und krieg das nicht hin. Ein Selfie, meine ich.« Er starrte sie an. »Jaja, ich weiß, das ist dumm«, sagte sie mit ihrem reizendsten Lächeln, »ich stell mich sonst nicht so an.« Sie hielt ihm das Handy ins Gesicht. Er zog die Schultern hoch und nahm das Handy mit seiner rechten Hand, die er aus der Jacke holte, als ob sie etwas Unanständiges sei. Unschlüssig starrte er darauf. »Fotografieren? Den Weihnachtsmann?«, sagte sie und rückte ihm noch etwas näher. Sie sah die Schweißperlen auf seinem Gesicht. »Ist Ihnen nicht gut?« Sie legte ihm ihre Hand auf die feuchte Stirn und schaute ihm besorgt in die Augen. Seine Pickel leuchteten auf der Blässe seiner Stirn, seine Augen waren groß und feucht. Die sind eigentlich ganz schön, die Augen, dachte sie. Vielleicht wächst er sich noch aus, ist ein schwieriges Alter. Sie ließ ihre Hand bis auf seine Wange gleiten, wo sie einigermaßen gerührt ein paar Bartstoppeln spürte. Er schloss die Augen und schmiegte sein Gesicht einen Moment in ihre Handfläche. Nebenan auf der Bühne war der erste kleine Junge zum Weihnachtsmann vorgedrungen. Der Engel läutete sein Glöckchen, und aus den Lautsprechern oben an den Betonsäulen des Verkaufsraums klang ein weiteres Lied aus den Weihnachts-Top-Ten. »Ich wünsche mir einen Versuchskasten«, sagte eine helle Jungenstimme durchs Mikro des Weihnachtsmanns. »So einen für Explosionen und Feuerwerke und so.« Gelächter brandete durch den Raum. Der Pickeljüngling schüttelte sich, stieß ihre Hand weg und bahnte sich einen Weg durch die verstreut stehenden Menschen hinter der Bühne. Eine Frau verlor das Gleichgewicht und warf im Sturz den Kinderwagen vor ihr um. Empörte Stimmen wurden laut, ein Kind fing an zu weinen. Ein paar Zuschauer stellten Frau und Kinderwagen wieder auf. Einige trösteten sie, andere riefen nach Verkaufspersonal. Eine stämmige Verkäuferin sprach etwas in ein Ding, das wie ein Walkie-Talkie aussah, packte ihre Prada-Tasche, die jetzt wieder etwas leichter war, und wischte sich die vom Schweiß des Jungen noch leicht feuchte Hand an ihrem Mantel ab. Zwischen den Regalen rechts neben der Bühne stürmten zwei Männer in grauen Overalls heran. Um die Hüften trugen sie breite Gürtel mit dicken Schlüsselringen und mehreren mysteriösen Halftern.

Sie ging auf sie zu. Die beiden blieben stehen und schauten sie mit offenen Mündern an, als ob ein zweiter Engel vor ihnen erschienen wäre. Sie lächelte. Dann ging sie auf den älteren der beiden zu, winkte ihn mit einer Bewegung ihrer Finger, näher zu kommen. Sie neigte ihren Kopf zu seinem und flüsterte ihm etwas ins Ohr. Er wurde über und über rot, nickte heftig und rannte los, dem Pickeljungen hinterher. Sein Kollege warf ihr noch einen schmelzenden Blick zu und folgte ihm. Sie blickte ihnen kurz hinterher und schritt dann entschlossen fort von den gestikulierenden und laut schimpfenden Menschen vor der Bühne. Der Rauschgoldengel und der Weihnachtsmann, die unbeachtet auf dem Podest blieben, steckten die Köpfe zusammen und unterhielten sich leise. Irgendwo von ganz hinten, wohl am Ende der Abteilung, hörte man schreiende Männerstimmen. Sie öffnete die Glastür zum Treppenhaus und verließ zum zweiten Mal an diesem Tag die Weihnachtswelt des Kaufhauses. In den Toiletten angekommen, suchte sie sich die geräumigste Kabine in der Ecke, die sogar ein Fenster hatte, klappte den Toilettendeckel herunter und setzte sich. Sie legte den Kopf in den Nacken und atmete tief ein. Sie zog einen schwarz umhüllten Draht aus der Manteltasche und ließ ihn in den Mülleimer fallen. Dann holte sie eine Packung Desinfektionstücher aus ihrer Handtasche, holte alles heraus und reinigte sich die Hände damit. Mit jedem Wischen entfernte sie eine Erinnerung an ein pickliges Gesicht, feuchte Augen, in denen die Angst stand, und das Unglück einer verwirrten Jugend. Die Security-Leute des Kaufhauses würden erst das Kinderteleskop in der Jacke des Jungen finden und dann die Rohrbombe, mit der er sich vermutlich für alle Weihnachten, in denen er ein ungeliebtes Kind gewesen war, das dem Weihnachtsmann seine Wünsche mitteilte, rächen wollte. Niemand, der ein Lächeln der Freude auf sein Gesicht gezaubert hatte. Sie runzelte die Stirn. Musste der Hunger sein, dass sie so rührselig wurde. Um diese Zeit hatte sie schon Antipasti in der Fressmeile des

KaDeWe essen wollen. Oder es lag an diesem »Feed the World«-Gedudele. Sie kramte in ihrer Tasche, holte ihre Beute heraus und begann mit geübten Bewegungen, die Sicherungsetiketten zu entfernen. Mit dem Hinweis auf den Ladendiebstahl hatte sie die Sicherheitsmänner dazu gebracht, ihn zu verfolgen. Das Bömbchen würden sie dann bei der gründlichen Untersuchung finden. Jedenfalls war er dingfest gemacht. Wenn sein selbst gebauter Sprengsatz funktioniert hätte, wäre es auf einen Schlag vorbei gewesen mit der Einkaufsstimmung vor der Weihnachtsmannbühne. Sie runzelte die Stirn und zerrte an einem etwas hartnäckigeren Etikett. Seltsam, all die Mühe, die er in den Bau seiner Bombe gesteckt haben musste, all der Schweiß, der über seine Stirn geflossen war, all der Schmerz, den er verursacht hätte. Das Etikett gab nach. Sie packte ihre neuen Habseligkeiten wieder in die Tasche, stand auf, klappte den Toilettendeckel hoch, warf die Etiketten ins Becken und spülte sie hinunter. Dann strich sie ihren Mantel glatt, ergriff ihre Tasche und brach auf. Das weihnachtliche Berlin wartete. An den Jungen dachte sie nicht mehr.

Als er in einen Vernehmungsraum der Bamberger Polizei gebracht wurde, saß sie im Bordrestaurant des ICE Richtung Berlin. Sie prostete ihrem Spiegelbild im Fenster mit einem Glas Sekt zu. Durch das Oval ihres Gesichts drang die Dunkelheit des Frankenwaldes. Leise lächelnd lehnte sie ihren Kopf in die Polster. Es war lange her, dass sie zu Weihnachten eine gute Tat vollbracht hatte. Sie nahm einen weiteren Schluck und vergaß, was am Tag vorgefallen war.

Horst Prosch
Werner versucht beim Singen zu weinen

Meine Mutter hat nie mit mir gesungen. Das sei etwas für Mädchen, hat sie gesagt. Die stehen dabei am Klavier, tragen ein schönes Kleid und haben lange Zöpfe. Und dann singen sie. Aber nur zu Weihnachten. Oder zum Geburtstag von der Oma. Deshalb durfte ich nicht singen.

Sebastian durfte singen. Immer. Der kletterte im Kindergarten auf den bunten Metallturm mit dem roten Dach, hockte sich direkt darunter, wo er im Schatten kaum noch gesehen wurde, hielt sich mit seinen spindeldürren Armen an den Eisenstreben fest und sang.

Alle hörten ihm zu: Die Jungs mit ihren Holzschwertern, die sich bei den Brennnesseln wilde Schlachten gegen außerirdische Grünmonster lieferten; Gisela und ihre Freundinnen aus der Neubausiedlung; Michi und die Bande von der Dornenhecke; sogar die Kindergärtnerinnen machten die Ohren auf und vergaßen für einen Moment, dass sie aufpassen sollten. Die Vögel verstummten und verneigten sich vielleicht sogar insgeheim vor dieser Stimme, die Autos auf der nahen Straße fuhren leiser, der Wind hörte auf, mit den Blättern zu spielen. Und dann kam jener Augenblick, als Michaela weinte. Sebastian sang, sie weinte. Vielleicht war ihr auch etwas ins Auge geraten, und das Sonnenlicht spiegelte sich in ihrer Träne, doch das war es wohl nicht. Die Träne in ihrem Auge strahlte so etwas wie Glück aus. So glaubte ich in meiner kindlichen Eifersucht, sie würde wegen dem Gesang von Sebastian weinen.

Am selben Abend, als mich meine Mutter vom Kindergarten abgeholt hatte und wir alle zusammen am Tisch beim Abendbrot saßen, stellte ich meine Tasse mit dem Pfefferminztee zur Seite, machte den Mund auf und sang. Irgendwas. Vielleicht war es sogar ein Weihnachtslied, weil mir in diesem Moment nichts anderes einfiel.

Meine größere Schwester weinte nicht. Mama weinte nicht. Der kleine Bruder lag in seiner Wiege und schlief. Papa sagte nach einer Weile, es sei genug. Ich würde es niemals schaffen, die Gläser im Schrank zum Zerspringen zu bringen. Außerdem heiße ich nicht Oskar. Und wenn ich nicht gleich aufhöre, dann würde er mir eine runterhauen. Also hörte ich auf.

Am nächsten Morgen durfte ich allein in den Kindergarten gehen, weil sich meine Mutter um meinen kleinen Bruder kümmern musste. Auf dem Weg dorthin blieb ich am Ufer der Rezat stehen und sang erneut. Ich versuchte, es immer besser und schöner zu machen, aber die Rezat reagierte nicht. Sie floss träge dahin, nicht schneller und nicht langsamer, und ich selbst musste auch nicht weinen. Da gab ich es auf.

Ein paar Tage später regnete es. Wir durften nicht in den Garten, und Sebastian konnte nicht auf seinen Turm steigen, um zu singen. Das freute mich. Weniger freute es mich, als ich ihn am Nachmittag in der Ecke mit den Bauklötzen entdeckte. Er saß dort ganz allein und spielte. Ich ging näher zu ihm hin. Da hörte ich, wie er leise vor sich hin summte. Niemand störte ihn. Keiner sagte, er möge aufhören. Mich packte eine Wut, wie ich sie bisher von mir nicht gekannt hatte. Ich nahm einen Holzbaustein, der vor Sebastian auf dem Boden lag, und schlug ihn auf seinen Kopf. Zweimal, dreimal. Ich habe nicht mitgezählt. Später blutete er an der Stirn. Er jammerte nicht, schaute nur irritiert auf die roten Tropfen, die plötzlich vor ihm auf den Bauklötzen zu sehen waren. Erika, die Kindergärtnerin, tauchte auf, und es gab ein großes Geschrei. Nur Sebastian schrie nicht, der summte noch immer, und Michaela weinte wieder.

Das war der Anfang. Es war, als hätte sich etwas in Bewegung gesetzt und wollte nicht mehr gestoppt werden; und wenn ich darüber nachdenke, dann muss ich feststellen, dass es seit diesem Moment nie mehr besser, sondern immer nur schlechter wurde.

Wir kamen in dieselbe Klasse. Sebastian saß in der ersten Reihe, ich in der letzten. Manchmal verlangte ich von ihm sein Pausenbrot, und wenn er sich weigerte, trat ich ihm ans Schienbein. Das Pausenbrot aß ich nicht, sondern warf es vor ihm in den Schmutz. Sebastian kniete sich nieder und versuchte, die Sandkörner von seinem Pausenbrot zu kratzen. Ich schlug es ihm erneut aus der Hand, traf dabei seine Nase, er blutete.

So ging es weiter. Es ging immer weiter, und ich wusste nicht, warum ich damit aufhören sollte. Er hörte ja auch nicht auf zu singen. Er wurde in den Klassenchor bei den Mädchen aufgenommen, war mitten unter ihnen, obwohl es sehr komisch aussah, ein einziger Junge!, und dann war er sogar im Schulchor und anschließend im Kirchenchor. Da stand er eines Tages ganz allein am Pult, von dem der Pfarrer immer seine langweiligen Predigten in die Gemeinde warf, und sang erneut. Er machte den Mund auf und machte ihn wieder zu, und neben mir wischte sich meine Mutter eine Träne aus dem Auge und auch meine Oma holte ein Taschentuch heraus, weil es so schön war.

In der vierten Klasse erhielten wir Verkehrsunterricht von einem Polizisten. Die Prüfung schaffte Sebastian so gut, dass er einen bunten Wimpel erhielt, den er an sein neues Fahrrad klemmte. Er sang nicht beim Radfahren, aber der Wimpel flatterte. Da ließ ich zunächst die Luft aus den Reifen, damit er nach Hause laufen musste, und als das nichts nützte, zerstach ich seinen Vorderreifen mit meinem Taschenmesser.

Später sahen wir uns seltener, weil er auf eine höhere Schule gehen durfte, ich aber nicht. Wir wohnten jedoch weiterhin in derselben Straße, und so begegneten wir uns immer wieder, auch wenn Sebastian versuchte, mir aus dem Weg zu gehen. Mit fünfzehn bekam er ein Mofa. Einmal schob ich ein paar Kracher in seinen Auspuff, die von Silvester übrig geblieben waren. Zunächst passierte nichts, er fuhr ein paar Tage lang durch die Gegend und ich dachte schon, ich hätte die Kracher besser verwenden können, vielleicht um ein paar Hühner zu Tode zu erschrecken, aber dann gab es plötzlich vor seiner Garage einen fürchterlichen Knall. Sebastian sang nicht, er schrie wie am Spieß. Später erfuhr ich, dass der Auspuff durch die Explosion aufgerissen wurde und sich ein Metallteil tief in seinen Unterschenkel gebohrt hatte.

Manchmal stieg ich aus dem Fenster meines Zimmers, kletterte die Dachziegel hoch und hockte mich auf das Dach unseres Hauses. Da saß ich dann und rauchte und beobachtete die Siedlung und machte mir Gedanken darüber, was ich anstellen könnte. Oder ich versuchte zu singen, aber nur ganz leise, eigentlich nur in mich hinein, damit es niemand hörte. Weinen musste ich dabei nicht. Vielleicht war es nicht die richtige Melodie.

Einmal trafen wir uns auf dem Rummelplatz. Es war Sommer und abends gab es ein Gewitter. Sebastian hatte den Stimmbruch längst hinter sich, aber an seiner schönen Stimme hatte sich kaum etwas geändert. Er sang nun bereits, wenn er sprach. Seine Worte hatten trotz des Lärms der Kirmesbuden und Fahrgeschäfte einen wunderbaren Klang. Tief wie das Brummen einer Kirchenorgel, gleichzeitig hoch und melodisch, als würden an dieser Orgel alle Register und Manuale gezogen. Wenn ich Sebastian sprechen hörte, krampfte sich in mir alles zusammen. Es fühlte sich an wie ein starkes Tau, das sich immer fester um mich legte, und das ich mit aller Kraft sprengen musste.

Beim Autoscooter schnappte ich mir einen Wagen und fuhr ihm andauernd in die Seite. Das Mädchen neben ihm blickte ängstlich. Er küsste es. Da wusste ich, dass er eine Freundin hatte. Ich stellte mir vor, wie er für sie sang, nur für sie allein, und wie sie mit Tränen in den Augen in seinen Armen lag. Es ist nicht so, dass *ich* in den Armen von Sebastian liegen wollte, aber sein Mädchen gefiel mir.

Ich hatte keine Ahnung, wie sie hieß. Sie hatte lange Haare und auf einer Seite einen langen, blonden Zopf. Es schaute aus, als würde ihr der Zopf direkt aus dem Kopf herauswachsen. Eigentlich stand ich damals mehr auf Mädchen mit dunklen Haaren, aber die Freundin von Sebastian wollte ich haben.

Ich überlegte, wie ich sie ansprechen könnte. *Hey, Kleine. Hallo Süße. Wie gefällt dir meine Stimme? Ich kann zwar nicht singen, aber ich kann ganz andere Sachen, was meinst du?*

Am Kirchweihmontag sah ich das Mädchen alleine zum WC-Wagen gehen. Er stand ein bisschen abseits, dort war es dunkel und es roch nicht besonders gut, weil wir Jungs manchmal nicht in den Wagen hineingingen, sondern dahinter. War viel einfacher.

Es war kurz vor der Zeit, als das Feuerwerk abgebrannt werden sollte. Der Autoscooter lärmte zwar noch, die Blaskapelle im Zelt schmetterte grausame Lieder ins Volk, aber es war diese gewisse Spannung zu bemerken. Wann war es endlich so weit? Wann jagte der Feuerwerker den ersten Böller in die Luft, um den Beginn des bunten Spektakels bekannt zu geben?

Ich schlich dem Mädchen zum WC-Wagen hinterher und wartete, bis es wieder herauskam. Dann stellte ich mich vor. Das heißt, ich stellte mich vor sie hin und meinte, sie sei eine Süße und wir zwei könnten ein wenig Spaß miteinander haben, oder?

Sie war nicht unbedingt begeistert von der Idee, doch ihr Protest ging ziemlich schnell in den ersten lauten Böllern unter, die über dem Weiher abgefeuert wurden. Alle Leute hatten nur noch Augen und Ohren für das bevorstehende Feuerwerk. Aufs Klo wollte keiner.

Ich zog das Mädchen trotzdem vom Eingang weg nach hinten, wo es fast finster war und nicht besonders gut roch. Aber das war in diesem Moment nicht so wichtig und störte kaum. Mein erster Kuss ging daneben, der zweite auch, aber dann hielt ich ihren Kopf fest und meinte, es werde ihr schon noch Spaß machen, bestimmt.

Als ich fertig war, jagte der Feuerwerker gerade alles in die Luft, was er noch auf Lager hatte. Riesige bunte Kugeln, Leuchtblitze, Lichtgirlanden, Dauer-Trommelfeuer aus Böllerkugeln. Das Mädchen heulte und versuchte, Ordnung in ihre Kleidung zu bringen, was aber nicht so einfach war, weil ein paar Knöpfe ihrer Bluse bei unserem Spaß verloren gegangen waren. Ich meinte, es sei doch gar nicht so schlecht gewesen, und wir könnten das auch wiederholen, wenn sie wolle.

Sie antwortete nicht, aber vielleicht hörte ich auch nicht, was sie sagte, weil es oben am Himmel gerade einen gigantischen Krach in schillernden Farben gab. Das Mädchen raffte seine restlichen Klamotten zusammen, zog die Hose nach oben und lief mit unsicheren Schritten in Richtung Festzelt.

Plötzlich war es still. Alles war vorbei. Die Kirchweih, das Feuerwerk, mein Spaß mit dem Mädchen. Die Menschenmenge begann zu klatschen, ein paar Pfiffe erklangen. Ich machte mich auf den Heimweg. Das Klatschen verfolgte mich eine Zeit, dann hörte ich es nicht mehr.

Stattdessen hörte ich nach einer Weile meine Schritte. Es kam mir vor, als hätte ich plötzlich mehr Füße als nur meine beiden eigenen, vielleicht sieben oder acht, und als ich mich umsah, stellte ich fest, dass hinter mir ein paar Schatten den Kiesweg entlangliefen. Ich überlegte, ob ich schneller laufen sollte, in der Schule war ich in Sport immer ganz gut gewesen, aber zum Weglaufen war es zu spät, sie hatten mich eingeholt. Es waren vier oder fünf Jungs, Sebastian war auch dabei. Sie kreisten mich ein, drängten mich zu einem Laternenmast, und dann musste ich mich wehren.

Und jetzt stehe ich da. Die Tasche in meiner Hand ist schwer, sie fühlt sich an, als würde ich zwei Zentner Erinnerungen mit mir herumschleppen, obwohl ich sie gerne loswerden würde. Hinter mir schließt sich quietschend ein großes, graues Tor. Die Straße ist leer, an den Bäumen fehlen die Blätter, es ist kalt. Morgennebel kriecht durchs Gehölz und bildet bei der Bushaltestelle eine weiße Wand, als gehe es dahinter nicht weiter. Die Krähen kreischen wie immer, daran hat sich in den letzten Jahren nie etwas geändert.

Niemand ist gekommen, um mich abzuholen. Mama nicht, Papa nicht, Sebastian nicht. Aber bei dem ist das sowieso klar. Ich musste mich ja wehren.

Sebastian schrie, ich sei zu weit gegangen, er würde mich umbringen. Selbst als er schrie, sang er irgendwie. Er konnte nicht anders, dieser Wicht. In dem Gerangel mit ihm und seinen Freunden habe ich seinen Kopf zu fassen bekommen. Dabei knallte er frontal gegen die Laterne, und dann war plötzlich Ruhe. Seine Freunde hielten mich fest, obwohl ich gerne nach Hause gegangen wäre.

Ich muss mal sehen, wie es jetzt weitergeht. Mir ist wenig klar, aber vieles unklar. Liegt vielleicht am Nebel und daran, dass wie immer um diese Jahreszeit eine komische, feierliche Stimmung umherweht. Alles soll schön sein und perfekt. Frieden auf der ganzen Welt.

Mit dem inneren Gefühl von großer Langeweile laufe ich langsam zur Bushaltestelle und studiere den Fahrplan. Wir haben Samstag. Dauert noch ein bisschen, bis die nächste Linie kommt. Halbe Stunde, oder so. Wenn ich Zigaretten hätte, würde ich jetzt gemütlich eine rauchen und zusehen, wie sich der Rauch mit dem Nebel vermischt. Habe ich aber nicht. So vertreibe ich mir die Zeit, laufe ein paar Schritte nach rechts, dann wieder nach links, und singe. Vielleicht freuen sich meine Eltern, wenn ich zu Weihnachten was Melodisches von mir geben kann.

La ... Lala ... Lalala ...

Ach, Scheiße. Ich kann es immer noch nicht.

Tessa Korber
Museumsnacht

Es war kalt, und es war laut. Viel zu kalt und viel zu laut
für Jo. Er musste die Augen schließen vor all den Ein-
drücken: Lichter, Gesichter, offene Münder, beleuchtete
Läden, Stände, Bratwürste, Taschen, Füße, Matsch, darüber der schwarze Himmel, blutrot erhellt, Schreie, Musik, Schritte und fuchtelnde Arme. Plötzlich von links.
Karussell. Das ging ihm alles viel zu schnell. Nein, da
konnte Jo sich keinen Reim darauf machen. Geschlagen duckte er sich, kniff die Augen zusammen, huschte
durch, vorbei an der Freude, dem Lärm. Oder war es eine
Schlacht? Brutal, das Leben, dachte Jo. Endlich eine stille
Tür.

Er hatte sich nur einen Moment dagegendrücken wollen, doch sie öffnete sich. Er fragte nicht, ob das sein durfte. Zum Sich-Wundern fehlte ihm die Kraft. Er fiel in den
Raum. Der war leer und dunkel und still. Sauber, dachte
Jo. Hier ist es sauber, ganz ohne Menschen. Hoch und
aus Glas und Metall und modern. Er öffnete die Augen
wieder ein wenig. Stufen, dann links eine Theke. Theken
erkannte Jo, sogar mit geschlossenen Augen. An Theken hatte er versucht, sich um den Verstand zu trinken.
Sich ums Fühlen zu trinken und am besten zu Tode. Es
hatte nicht funktioniert. Stattdessen war er in die Klinik
gekommen. Die hatten ihn nun entlassen, geheilt oder
unheilbar, das hatte Jo nicht ganz verstanden. Aber das
dort draußen, was die anderen ihr Leben nannten oder
die Normalität, das war immer noch so krank wie eh und

je. Da rannten sie nach Sachen und Essen, als wäre das Weltende angebrochen, kämpften um Parkplätze und Sonderangebote mit Ellenbogen und Wut. Und fraßen dann und sangen und hofften und schrien sich am Ende an und prügelten sich und heulten. Jetzt an Weihnachten war es immer am schlimmsten. Wie oft hatte er das als Sanitäter erlebt damals? Und er sollte derjenige sein, der verrückt war?

Heute ertrug Jo das nicht. Eigentlich an keinem Tag. Aber an Weihnachten war es besonders unerträglich. Er wusste nicht, was die anderen so erlebten oder glaubten, dass sie unbedingt die große Liebe feiern wollten. Jo sah nichts davon, er spürte nichts davon. Die große Liebe hatte es in seinem Leben nie gegeben, noch nicht einmal eine kleine. Nur die alltäglichen Demütigungen und Gemeinheiten und dazu seine dünne Haut, durch die das alles wie mit Messern drang.

Er öffnete den Kühlschrank und betrachtete die säuberlich aufgereihten Batterien von Flaschen: manierliche kleine Bocksbeutel, Säfte, Limonade. Jo nahm sich ein Wasser. Dann bemerkte er die Kaffeemaschine. So ein großes, metallenes, funkelndes italienisches Ding. Wie man sie in Kaffeebars hatte, wo Männer mit weißen Käppis und schwarzen Augen sie bedienten und es zischen und die Hände tanzen ließen, um am Ende eine Köstlichkeit vor einem hinzustellen, die sicher etwas ganz Besonderes war.

Jo wusste das von Fotos aus einem Kalender, der hatte im Raucherzimmer der Klinik gehangen. Wie der da hingekommen war? Wer ihn dort gespendet oder vergessen hatte? Es waren altmodische Schwarz-Weiß-Bilder gewesen von einem vergangenen oder besseren Sein, da war Jo sich nicht ganz sicher. Stunden-, tage-, wochen-lang hatten diese Bilder ihn durch die Leere begleitet und beschützt wie milde Flügel. Schwarz-Weiß war gut, es schrie nicht und war sanft, so wie der Sepiaton von Kaf-fee mit Milch. Sein eigenes Leben hätte ruhig Schwarz-Weiß sein dürfen, dachte Jo. Er drückte auf einen Knopf. Die Lichter sprangen an. Es summte. »Erzengel«, flüs-terte Jo. Und er begann, sich in die Funktionsweise der Engelsmaschine zu vertiefen.

Das Kind in Majas Armen war schwer geworden. Wie konnte etwas so Kleines so schwer sein? Etwas, das es gerade mal vier Stunden gab? Sie dachte an das Kran-kenhaus und daran, ob sie sie dort wohl schon vermissen würden. Ein paar Augenblicke des Abschiednehmens hatte man ihr angeboten, hinter einem grauen Vorhang aus abwaschbarem Stoff, inmitten des Trubels der Stati-on. Mit Kacheln und einer Notliege und dem komischen kleinen Servierwagen aus durchsichtigem Kunststoff, in den die Kinder gelegt wurden, um sie zwischen den Zimmern hin- und herzufahren. Darin hatte er gelegen. Ein unausgewickeltes Päckchen. »Mit etwas Glück wird es ein Christkind«, hatte eine der Hebammen gesagt, als sie mit Wehen hereingekommen war. Wie lange war das her? Jetzt stand sie in dieser Kammer. Es roch nach altem Blumenwasser. Auf einem Abtropfgitter alte Vasen.

Maja war vor dem fahrbaren Kinderbett zurückge-wichen und hatte nach ihrem Mann gefragt. Einen Mo-ment lang hatte Maja ihn schmerzlich vermisst. Er wäre jemand gewesen, an dem sie sich hätte festhalten kön-nen, während sie sich dem Bettchen näherte, diesem Auge des Sturms, von dem eine schwindelerregende

Stille ausging. Aber ihr Mann war verschollen, irgendwo, genau wie ihr Sohn. Gestorben bei der Geburt, kaum das Licht der Welt erblickt, schon wieder in Dunkelheit versunken. Sie hatte sich die Erklärungen angehört, sie aber nicht verstanden und nicht gebraucht. Ihr Kind hätte sie gebraucht. Wieder näherte sie sich dem Bettchen, fühlte den Boden unter ihren Füßen weggleiten. Ins Nichts. Dorthin, wo auch ihr Kind war. Ihr Blick fand es, ohne es zu sehen. Blind starrte sie es an. Dass ihre zitternden Finger überhaupt das Laken fanden, es beiseitezogen, nach den kleinen Händen griffen. Als sie ihn endlich auf dem Arm hatte, wusste sie, dass sie ihn nicht würde loslassen können.

Maja kletterte aus dem Fenster. Auf dem Parkplatz sah sie das Auto ihres Mannes. Die Stoßstange vorne war eingedrückt, die Scheinwerfer gesplittert, weil er beim Einparken gegen die Wand gefahren war. Man hatte es ihm wohl schon am Telefon gesagt. Das war jetzt egal. Maja ging weiter, ihren Sohn im Arm. In der Stadt herrschte Weihnachtstreiben. Menschen über Menschen. Sie fiel nicht auf. Immer weiter ging sie. In so vielen Fenstern war Licht heute. Es gab nichts Tröstlicheres, Anziehenderes als ein erleuchtetes Fenster in der Nacht, dachte Maja. Dann fand sie eines, das hell war und leer. Ohne Leuchtketten, ohne Wohnwände und Menschen, die hin- und hergingen, nur ein ruhiges Viereck. Es war ihr Licht. Maja wusste es im ersten Moment. Sie drückte gegen die große Tür und trat ein. Kaffeeduft kam ihr entgegen. Der Mann hinter der Theke fragte sie: »Mit oder ohne Milch?«

Sie schaute sich um nach einer Möglichkeit, ihren Sohn zu betten. Die Ausstellungsräume waren alle menschenleer. Sie sah eine Kasperlepuppe, ein rotes Feuerwehrauto. Ein Spielzeugkarussell, prächtig und bunt, mit allen Details. In der Nähe stand eine große metallene Schale. Sie las, dass es sich um eine Teigknetmaschine handelte. Doch der Motor war aus, und die Schüssel wirkte behütend. Sie nahm Polster von den Ruhebänken, stopfte das kalte Metall damit aus und legte ihren Sohn hinein. Hier konnte er nicht herausfallen.

»Milch und Zucker, bitte«, antwortete sie, als sie zurück an die Theke kam und der Mann seine Frage wiederholte. Es war die richtige Antwort, das registrierte Maja, und sie war erleichtert, als sie sich an einem Bistrotisch niederließ. Draußen begannen die Kirchenglocken zu läuten und die Straßen leerer zu werden. Die Zeit der Krippenspiele setzte ein.

Ein älterer Mann im Lodenmantel kam herein, mit einem teuren Schal aus gekämmter Wolle. Er schaute sich um und griff nach den Flyern, die für die Besucher auslagen. Einen Kaffee wollte er nicht. »Man sagt ja«, erläuterte er, offenbar in dem Bemühen, seine Existenz zu rechtfertigen, »nur Narren gehen auf Reisen in Museen. Die Weisen hingegen kehren in den Kneipen ein, um Land und Leute kennenzulernen.« Dankbar betrachtete er den Inhalt des von Jo kommentarlos geöffneten Kühlschranks und wählte einen Bocksbeutel Domina. »Ich bin eben ein unverbesserlicher Narr.«

»Ist hier dasselbe«, meinte Jo und schenkte ein.

Der Mann nickte und trank. »Meine Frau hat immer die Pläne für unsere Reisen gemacht. Sie hätte gleich gewusst, dass hier an Heiligabend auf ist. Sie wusste einfach alles.«

»Haben ja auch so hergefunden«, murmelte Jo und stellte die zweite Flasche auf die Theke. Der Mann nahm sie und schraubte sie auf. Leerte sie mit einem Schluck zur Hälfte.

»Ich bin sicher, mein kleiner Junge schläft«, sagte Maja zu niemand Besonderem.

»Sie haben Ihren Kleinen dabei?«, fragte der ältere Mann mit einem Lächeln. »Na ja, an Weihnachten. Machen Sie hier die Führungen?« Er wartete die Antwort auf seine Frage nicht ab, sondern begann, ein Wiegenlied vorzutragen, das seine Mutter für ihn gesungen hatte. Er erinnerte sich erst in diesem Moment wieder daran, wusste gar nicht, woher es in ihm aufstieg, doch es war da.

Es schaukeln die Winde
das Nest in der Linde,
da schließen sich schnell
die Äugelein hell.
Da schlafen vom Flügel
der Mutter gedeckt
die Vögelchen süß,
bis der Morgen sie weckt.

Jo lauschte der zittrigen, ältlichen Stimme, die nach Tränensäcken klang, und war sich nicht sicher. Doch nach einer Weile entspannte er sich, sein Atem ging langsamer. Der Mann sollte ruhig bleiben. Er brachte ihm sein Glas hinüber, ging aber rasch zurück zu seinem Platz an der Engelsmaschine. Hier war alles sicher und behütet. Lichter, Geräusche, Handgriffe, das Zischen und Dampfen und jetzt der Gesang. Der Druck der Theke gegen seinen Magen. Das alles war gut. Besser als Haldol. Besser als die Gurte. Nein, es ging ihm gut. Er schaffte es, die beiden am Tisch zu betrachten. Ist das der Ochs oder der Esel, fragte er sich. Oder doch einer von den Hirten?

Bei Mütterlein liegen
die Lämmer und schmiegen
aus Fell sich so dicht
und regen sich nicht.
Sie atmen so leise
und werden erst wach
beim Zwitschern der Schwalben
hoch oben am Dach.

Als die Tür erneut aufging, griff Jo nach einem Messer.

»Hallo? Muss man hier die Führung mitmachen?« Es war eine Gruppe Jugendlicher, Familienweihnachtsflüchtlinge, wie es aussah, auf der Suche nach einem Abenteuer jenseits der Festroutine, aber noch nicht sicher, wie weit der eigene Mut reichte.

Der Wiegengesang brach ab. Der ältere Mann stand auf. Der Wein ließ ihn ein wenig wanken, doch er fing sich. »Jawohl«, rief er zackig. »Folgen Sie mir bitte.« Und ehe die drei Jungs und das Mädchen etwas sagen konnten, winkte er sie schon hinter sich her in die Dauerausstellung. Sein sonorer Bass erklang noch eine Weile, wie Museumsführer eben klingen. Das Trappeln der Schritte wurde vorerst leiser.

Mit großen Augen starrte Maja Jo an. Der ließ langsam die Klinge sinken. Er suchte nach einer Entschuldigung; dabei, bemerkte er, sah sie gar nicht verängstigt aus. Auch nicht tadelnd. Sie betrachtete ihn nur mit ihrer ganzen Aufmerksamkeit, beinahe so, als sähe sie ihn wirklich. Jo wurde es ein wenig seltsam. Es war ja nur, rechtfertigte er sich stumm vor sich selbst, weil alles so laut war und zu schnell ging und dann zu viel für ihn war.

Maja nickte, als hätte sie jedes Wort verstanden und für gut befunden. Jo wurde rot.

»Ich frage mich«, sagte sie dann. »Ob Sie etwas für mich tun könnten.« Es klang, als läge es allein an ihr, das innerlich abzuwägen.

»Ich kann für niemanden etwas tun.« Jo war sich sicher.

»Für mich schon.« Maja klang nicht weniger fest.

Jo pfefferte das Messer ins Spülbecken. Es klirrte so laut, dass sie beide zusammenzuckten. Da brach Jo in Tränen aus. »Dreimal probiert, und nie hat es ... ich bin zu feige. Der Doktor sagt, ich wollte im Grunde leben. Der weiß doch nichts.«

»Nicht, wie weh es tut.« Maja nickte.

»Genau. Und wie einsam.« Jo wischte mit dem Ärmel über das Gesicht. Da bemerkte er die Schürze. Die Barista-Schürze. Die hätte er sich umbinden müssen. Dann wäre alles anders gekommen. Die Frau hätte ihn gar nicht erkannt. Nicht erkennen können, denn er wäre ein anderer gewesen. Wie gerne wäre er ein anderer.

»Es ist also so schwer?«, fragte Maja.

Jo nickte. Es war zu spät, um zu lügen. Die Frau nickte auch. »Danke«, sagte sie. Dann fiel ihr ein: »Aber es wird immer wehtun.« Sie schaute ihn wieder an. »Alles.«

»Alles und immer«, bestätigte Jo. »Das ist so.«

»Die Welt ist verrückt!«, verkündete eine laute Stimme in das einsetzende Schweigen. Der ältere Mann war zurück, gestützt von den Jugendlichen, die sich über seine Trunkenheit amüsierten und dennoch an seinen Lippen hingen. Verrücktheit, das war ihre ganze Hoffnung inmitten der überwältigenden Normalität, in der sie groß wurden und die sie an Weihnachten, zwischen Blockflöte, Baum und Gans vollends zu ersticken drohte. Anders, anders, nur anders, sagten ihre gierig saugenden Blicke.

»Sie hat das alles geplant. Im März hat sie die Tickets gekauft. Und im August war sie tot, verdammte Bauchspeicheldrüse.« Der Mann formte mit den Händen in der Luft das, was vielleicht der Tumor sein sollte, der ihm seine Frau weggefressen hatte. Er schaute in das nächste Augenpaar. »Ich hab es immer noch nicht kapiert.«

»Setzen«, schnauzte Jo, dem schon wieder alles zu viel wurde. Brav setzte sich alles, und er stellte Wein vor sie hin und Kaffee und Nüsse, die er in einem Schrank fand, und Chips und Schokolade, mehr und mehr stellte Jo vor allen auf, in buntem Durcheinander. Weil es das war, was er tun konnte für alle, die noch lebten.

Und alles wurde gegessen und getrunken. Und der alte Mann sang und die Jugendlichen trommelten im Takt auf den Tisch und rappten dazu und rauchten, weil keiner was dagegen sagte.

Mit wehendem Schal kam eine Frau mittleren Alters herein. Sie hatte einen dicken Schlüsselbund in der Hand. Als sie die Runde im Bistro sah, blieb sie abrupt stehen. »Was ...«, sagte sie und verstummte. Was machen Sie hier?, wollte sie fragen. Doch sie sprach es nicht aus. Dann hätte sie ja auch Auskunft darüber geben müssen, was sie selber hier tat, in ihrem eigenen Museum, während der Schließungszeit. Und dann hätte sie zugeben müssen, dass sie hier war, um es auszurauben, die Kasse mitgehen zu lassen, die teuersten Exponate einzustecken, den Rest in Rauch aufgehen zu lassen. So oder ähnlich, sie hatte keinen genauen Plan. Nur die Wut im Bauch. Über die Stadtverwaltung, die ihr alles wegnehmen wollte. Über die Sparmaßnahmen, die Sponsoren, die Parteien und die Bürokraten, über das ganze System, das war, wie es war. Und sie hier, zu alt für eine Rebellion, zu zahm für einen großen Abgang, sie spürte es in allen Knochen. Zu viele Für und Wider und Wenn und Aber und wollte sie so überhaupt sein?

»Was ist bloß mit der heutigen Jugend los?«, hatte ihr Freund, der Lehrer, neulich bei der Zeitungslektüre zynisch gefragt. »Nicht mal mehr einen Amoklauf kriegen sie hin.« Die Jugend vielleicht nicht, hatte sie gedacht. Aber du würdest staunen. Doch nun stand sie hier und betrachtete den bunten Haufen, und zu spät fiel ihr ein, dass sie die Hausherrin war und gar nichts hätte erklären müssen und im Notfall immer noch hätte lügen können, dass sie so ein dummes Gefühl gehabt hätte wegen der Tür, so als wäre nicht abgeschlossen. Denn das war es ja auch nicht. So schlau war sie gewesen und so gemein, ihren Angestellten abgelenkt zu haben mit tausendundein Aufträgen, dass er das Abschließen vergaß. Sie hatte damit gerechnet, darauf gesetzt und gelauert und triumphiert. Er würde sich erinnern an sein Versäumnis. Und ganz geknickt sein, dass es seine Schuld war, dass hier Vandalen eindrangen, alles raubten und zerstörten. Die Fotos dieses feisten Erhardt, die wollte sie auf jeden Fall noch herunterreißen. Und die stolzen Versandhaussymbole. Was für eine Stadt, die ein Museum dafür baute, dass in ihr einer dick Geld verdient hatte und für nichts sonst! Oh, sie war da, die Wut, und sie war groß.

Diese Leute allerdings, die waren nicht vorgesehen in ihrem Plan. Sie setzte sich. Erhielt eine Tasse Kaffee! Das war absurd, eine Fackel hätte sie gewollt, ein Messer. Und danach? Wo eigentlich wollte sie hin, wenn sie damit fertig war? Was in ihrem Leben, überlegte sie, während sie den Löffel aus dem Milchschaum zog und den ersten heißen Schluck nahm, was wollte sie wirklich zerstören? Sie musste darüber nachdenken.

Links von ihr saß eine junge Frau mit blassem Gesicht, die einen Geruch nach Jod und Blut verströmte. »Ich wollte ihn Matthias nennen«, sagte sie mit ernster Miene. »Nach niemandem eigentlich. Einfach Matthias, weil das ein schöner Klang ist. Jetzt ist der Name frei.« Sie machte eine Geste, als entließe sie in die Luft einen Ballon, oder eine Denkblase. Die Frau mit dem Schal, der nun nicht mehr wehte, schaute der Blase nach. »Matthias hieß mein Vater«, sagte sie. »Das war ein guter Mann.«

Die junge Frau nickte beglückt. Ein guter Mann, das wäre ihr Sohn auch geworden.

»Nur dass er mich Edeltraud genannt hat.« Die Frau mit dem Schal seufzte. Eine Edeltraud war sie geworden, da trug der Vater wohl keine Schuld.

»Ich heiße Maja«, sagte Maja, als wundere sie sich.

»Auf Indisch heißt das Illusion«, erklärte Jo.

»Perfekt«, sagte der ältere Mann und schlug mit der flachen Hand auf den Tisch. »Einfach perfekt.« Dankbar lächelte Maja, während die vier jungen Leute reihum ihre Namen aufsagten:

Jonas, Lisa-Marie, Albert, Robin. Und weil es so schön war, wiederholten sie die Lautfolgen, wieder und wieder, wie einen Kanon, eine Beschwörung, eine Hoffnung, dass daraus etwas entstünde, am Ende sie selbst.

»Robin, das Rotkehlchen, Manifestation eines Waldgeistes, des Grünen Mannes, eine vorchristliche Gottheit, deren Stärke heute niemand mehr kennt.« Das war Jo. Der junge Mann bekam rote Wangen.

»Jonas, über Bord geworfen von einer abergläubischen Besatzung als ein Opfer, das den Sturm besänftigen sollte, von einem Wal gefressen, in dem er hockte und lebte, bis er an Land gespien wurde, um dort weiterzuleben.«

»Du Opfer«, kam es kichernd und doch voller Hochachtung.

Mit geschlossenen Augen kramte Jo in seinem Gedächtnis und gab der Welt Ordnung und Struktur zurück, bis er wieder ganz und gar ruhig war. Lisa-Marie, Tochter eines Weltstars: Elvis Presley. Albert – edel und berühmt, das bedeuteten die Silben. Einstein trug den Namen, Schweitzer, der Nazi Speer.

Der alte Mann wurde müde. Er wankte zurück in den Ausstellungsraum, fand eine Bank nahe zwei Damen aus Sandstein mit erfreulich runden Brüsten, sank darauf und schlief ein. Das Letzte, was ihm durch den Kopf ging, war der Name seiner Frau. Er bedeutete Perle.

»Also dann«, sagte Lisa-Marie.

»Gehst du heim?«, fragten ihre Freunde.

»Neee.« Sie überlegte. »Ich besuch Oma im Heim. Die haben da eine Katze und Punsch, und wenn die Altenpfleger nicht hinschauen, kann man den Eierlikör aus dem Kühlschrank klauen.«

»Die haben einen Massagesessel.«

»Und mit den Toilettenstühlen kann man Wettrennen fahren.«

»Oma kann man alles sagen, sie vergisst es im nächsten Moment. Dafür sieht sie Zwerge auf dem Schrank.«

»Auf ins Zwergenland!« Sie brachen auf für eine Nacht im Altersheim.

Jo gab ihnen die letzten Limonadenflaschen mit auf den Weg. Dann begann er, die Kippen wegzuräumen. Die Reste vom Fest. Maja schaute durch die gläserne Eingangstür.

»Da steht mein Mann«, sagte sie.

Jo drehte sich nicht um. »Du solltest hingehen.«

Maja schüttelte den Kopf. »Dann muss ich ihm etwas sagen, und wenn ich es erst gesagt habe, dann ist es wahr und dann ...« Sie vollendete den Satz nicht.

Die Frau mit dem Schal stieß einen leisen Schrei aus. Eben war ihr eingefallen, was in ihrem Leben sie ändern musste. Sie ging zur Theke und suchte nach einer Flasche Sekt.

»Nicht, das knallt so«, sagte Jo. Sie lächelte ihn an und öffnete die Flasche ganz, ganz vorsichtig. Dankbar lächelte er zurück. Er reichte ihr ein passendes Glas, ganz zart. Sie nahm es ebenso. Manchmal konnte das Leben so sein.

Maja war aufgestanden. Im ersten Raum schnarchte der ältere Mann, bewacht von großbrüstigen Damen und von Löwen. Es war ein guter Schlaf. Im zweiten lag ihr Kind, das nicht schlief. Doch sie selbst fühlte sich mit einem Mal müde. Sie würde Matthias nach Hause bringen und sich dann schlafen legen. Es war Zeit.

Als sie aus dem Museum trat, nahm ihr Mann sie so heftig in die Arme und drückte sie so fest an sich, dass sie eine Weile brauchte, ehe sie über seine Schulter hinweg die Polizeiwagen bemerkte. Es waren viele. »Wegen mir?«, fragte Maja verdattert.

Ihr Mann schob sie von sich, bemerkte das Bündel in ihrem Arm und drückte sie erneut gegen sich, sodass er das tote Kind spüren, aber nicht sehen konnte. »Wir haben dich per Handyortung gefunden«, sagte er. »Aber dann, dann kam die Nachricht, dass er auch dort drin ist.«

»Wer?«, fragte Maja.

Ihr Mann zeigte ihr das Fahndungsblatt. Zum ersten Mal berührte sie der Name, und sie vergaß ihn wieder, behielt nur: genannt Jo. »Er ist sehr gefährlich.«

»Gefährlich?« Verwundert schaute Maja auf. In den Augen ihres Mannes spiegelten sich Blaulichter. Erst jetzt bemerkte Maja das ganze Ausmaß des Fahndungsaufgebotes. Die Straße war mit Metallgittern abgesperrt. Dahinter drängten sich Schaulustige. Doch auch Schwarzgekleidete mit automatischen Waffen waren zu sehen.

»Aber Jo ist sehr nett«, sagte sie. »Er war gut zu mir.«

»Du Armes. Du hast ja keine Ahnung.« Ihr Mann strich ihr übers Haar. »Gott, ich bin so froh, dass ich dich gefunden habe.«

Gemeinsam blickten sie zu dem Gebäude hinüber, dessen Fassade jetzt in Scheinwerferlicht getaucht war.

»Sind alle Personen in Sicherheit?«, hörte Maja jemanden fragen. »Ist er allein dort drin?«

Sie nickte, ohne nachzudenken, vergaß den älteren Mann, vergaß die Frau mit dem Schal, hatte sie vielleicht nie wirklich bemerkt. Nur an Jo dachte sie, der gut zu ihr gewesen war.

Die Polizei stürmte.

An der Theke erwartete sie eine Dame im Kostüm mit einem Sektglas in der Hand. Sie stand da und lächelte so lange, bis die Waffen sich senkten. »Sind Sie alleine?«, fragte eine Stimme.

»Nein. Mein Freund ist hier. Er schläft nebenan seinen Rausch aus.« Füßetrappeln in allen Räumen. Rufe, Scheppern. Als der Letzte »gesichert« gerufen hatte, schlief der alte Herr noch immer. Die Dame mit dem Schal war neben ihn getreten und strich ihm sanft über die Wange. »Er hat sich etwas übernommen«, sagte sie. Sie lächelte. Sie war ein böses Mädchen.

Einer der Beamten hielt ihr ein Foto hin. »Haben Sie diesen Mann schon einmal gesehen?«

Sie blinzelte das Bild von Jo an. Dann wanderten ihre Augen zu der defekten Trennwand, hinter der man in den kleinen Saal und von da zum Notausgang im Hof kam und wieder zurück. Rasch, nur einen Sekundenbruchteil lang. Sie lächelte noch immer. »Nein«, sagte sie. »In meinem ganzen Leben nicht.« Sie nahm einen Schluck Sekt. »Schade«, fügte sie hinzu. »Er sieht wie ein Engel aus.«

Bernd Flessner
Weihnachtsbier

Rotbrauner Glanz.

Poliertes Metall.

Temperaturanzeigen, die wie klobige, alte Uhren aussahen.

Hebel, Räder, Beschläge.

Und dann erst der Duft. Es war ein Duft und kein Geruch. Das Wort Geruch hatte für Thomas Gerlach einen negativen Touch, es war nicht mehr weit von Gestank entfernt. Schweiß, nicht mehr ganz frischer Fisch oder Lösungsmittel hatten einen Geruch.

Das Sudhaus der Brauerei *Göttel* aber, in dem gleich vier Sudpfannen standen, empfing ihn mit einem Duft, für dessen Kopfnote das Gerstenmalz verantwortlich war. Ein warmer, süßer, klebriger Duft. Die Herznote stammte vom Hopfen. Gerlach wusste, dass die alte Brauerei noch Hopfendolden verwendete und keine Pellets oder Extrakte. Sonst wäre er auch gar nicht erschienen. Nur eine solche Brauerei kam infrage.

Die Weihnachtszeit verlangte etwas Besonderes, Außergewöhnliches, Hochwertiges, Rares.

Das aber war nicht so leicht zu bekommen, wie das Vorjahr gezeigt hatte.

Im Sudhaus war es still. Abgesehen von schwer zu beschreibenden Geräuschen, die aus den blank polierten Sudpfannen kamen. So schien es ihm jedenfalls. Das Sudhaus war verwaist, die Mitarbeiter waren längst in den Feierabend entschwunden. Schon seit einer guten

Stunde war es dunkel. Aber früher hatte er keine Zeit gehabt.

»Herr Göttel?«, rief er in den betörenden Duft hinein. »Wo sind Sie, Herr Göttel?«

Eine Antwort blieb aus, kein Laut war zu hören, von einem schwachen Echo abgesehen, auf das er aber nicht achtete.

»Herr Göttel?«, wiederholte Gerlach mit höherer Lautstärke.

Das Echo war nun deutlicher zu hören, verhallte in dem großen Raum aber schnell.

Gerlach passierte mit langsamen Schritten die vier Sudpfannen, die auch als Würzkessel bekannt waren. In ihnen wartete die geläuterte Würze auf Hopfen und Hitze.

»Herr Göttel? Hier ist Gerlach! Thomas Gerlach! Von ECT-Software!«

Ein leises Knarren.

Vielleicht eine Tür.

Gerlach drehte sich um, doch im Sudhaus war weiterhin niemand zu sehen.

Es kam ihm in den Sinn, zurückzugehen und die Brauerei wieder zu verlassen. Der Termin war geplatzt. Göttel hatte offenbar kein Interesse mehr an ihm. Nach dem, was im letzten Jahr vorgefallen war.

»Ah!«

Eine Hand war sanft auf seiner Schulter gelandet. Wie vom Blitz getroffen, drehte sich Gerlach um die eigene Achse. Vor ihm stand ein unbekannter Mann, dessen Kommen er nicht bemerkt hatte.

»Sorry, war keine Absicht«, sagte der junge Mann. »Ich wollte Sie nicht erschrecken.«

»Ist schon in Ordnung. Ich bin Thomas Gerlach von der Firma ECT-Software in Nürnberg.«

»Friedrich Göttel«, stellte sich der Mann vor, dessen Erscheinung auf Gerlach einen gepflegten Eindruck machte. Ein Mann Ende dreißig mit kurzem, fast schwarzem Haar, Krawatte, Weste, Jeans. Er reichte Göttel die Hand und drückte kräftig zu.

»Wie kann ich Ihnen helfen?«

»Ich suche Herrn Walter Göttel. Ihr Vater?«

»Nein, er ist mein Onkel. Aber ich muss Sie enttäuschen, er ist nicht im Haus. Es gab Probleme mit unserer Kühlanlage. Aber vielleicht kann ich Ihnen helfen?«

Gerlach überlegte nicht lange und nickte.

»Warum nicht? Es geht um das diesjährige Weihnachtsbier für unsere Firma.«

»Verstehe«, antwortete Göttel, ließ jedoch eine Miene sehen, die Ahnungslosigkeit verriet.

»Wir lassen für unsere Mitarbeiter, unsere Kunden und unsere Freunde jedes Jahr ein besonderes Bier brauen. Das hat bei uns schon fast Tradition. Sofern man nach elf Jahren bereits von Tradition reden kann.«

Göttel nickte aufmerksam.

»Seit drei Jahren braut Ihr Onkel unser Weihnachtsbier, wobei er immer eine andere Rezeptur wählt. Im letzten Jahr, das muss ich Ihnen allerdings sagen, waren wir nicht zufrieden.«

»So? Weshalb?«, fragte Göttel verwundert.

»Um es kurz zu machen, das Bier war bitter.«

»Zu stark gehopft?«

»Nein, es war richtig bitter. Nicht herb. Einfach nur bitter«, erklärte Gerlach. »Außerdem war das Etikett fehlerhaft. Schlecht gedruckt und schlecht gummiert. Die

Etiketten haben sich von jeder zweiten Flasche gelöst, sobald man die Flasche in die Hand genommen hat. Darüber wollte ich mit Ihrem Onkel sprechen. Ein zweites Mal darf das nicht passieren. Den Grund brauche ich Ihnen wohl kaum zu nennen.«

»Verstehe«, wiederholte Göttel. »Die größte Brauereidichte der Welt. Gut. Wenn Sie mir bitte folgen würden.«

Der junge Mann drehte sich um und ging auf eine Treppe zu, die zu den Büroräumen führte. Er nahm zwei Stufen auf einmal und hielt ihm die Tür auf.

»Bitte nehmen Sie doch Platz«, sagte Göttel, zog einen Aktenordner aus einem der Regale und begann, darin zu blättern.

»Gerlach. ECT-Software«, sagte er nach kurzer Suche. »Da haben wir es schon. Weihnachtsbier. Achthundert Liter. Achthundert Liter? Was machen Sie mit so viel Bier?«

»Wir haben eben viele Mitarbeiter, viele Kunden, viele Freunde«, erklärte Gerlach.

Göttel blätterte weiter, ohne das Gelesene zu kommentieren. Ab und zu runzelte er die Stirn, schüttelte den Kopf, nickte, grinste. Schließlich zog er ein paar Etiketten aus einer Schutzfolie.

»Kein Wunder. Mein Onkel hat sie bei Maierhof drucken lassen. Wahrscheinlich, um Geld zu sparen. Er weiß eben nicht, wie man Kunden behandelt und behält.«

Göttel reichte ihm das Stück Papier, dessen Farben blass und matt waren. Das Rot des Mantels, den der ECT-Weihnachtsmann trug, war mehr ein braunes Grau als ein Rot. Der Druck hätte Jahrzehnte alt sein können, stammte aber aus dem Vorjahr.

»Wissen Sie, was ich meine?«, fragte Gerlach freundlich.

»Voll und ganz«, stimmte ihm Göttel zu. »Und ich verspreche Ihnen, dass es nicht wieder vorkommen wird. Wir werden die neuen Etiketten bei Sattler drucken lassen. Hier, ich zeige Ihnen mal etwas.«

Göttel wandte sich dem Schreibtisch zu, der für das kleine Büro eigentlich viel zu groß war, und öffnete eine Schublade. Mit einer eleganten Bewegung reichte er Gerlach ein paar Musteretiketten.

»Das ist Sattler-Druck.«

Gerlach nahm die Etiketten und war zufrieden. Die Motive gefielen ihm zwar alle nicht, doch die Druckqualität war fantastisch.

»Sehr gut. Wirklich sehr gut. Warum hat er uns dieses Angebot im letzten Jahr vorenthalten?«

»Mein Onkel ... wie soll ich sagen? ... ist in letzter Zeit ein wenig weltfremd geworden. Nach dem Tod seiner Frau hat ihn der Betrieb nicht mehr so begeistert wie früher. Er hat alles etwas ... vernachlässigt.«

»Darf ich fragen, wer den Betrieb eines Tages übernehmen wird?«, erkundigte sich Gerlach, beugte sich vor und reichte die Etiketten zurück.

»Da er keine Kinder hat, fällt mir diese Aufgabe zu. Noch bin ich allerdings in einem anderen Betrieb beschäftigt. Es wird wohl auch noch ein paar Jahre dauern. Aber ab und zu helfe ich aus. So wie eben heute.«

Gerlach besah sich den jungen Mann, der auf ihn einen guten Eindruck machte. Der, davon war er überzeugt, wusste, was er wollte. Er war schnell und konnte reden. Was für viele seiner eigenen Angestellten nicht galt. So gut sie mit dem Keyboard umgehen konnten, so schlecht beherrschten sie ihr Mundwerk.

»Wie sieht es denn nun mit dem Bier aus? Ich meine, mit dem Weihnachtsbier?«, fragte Gerlach. »Ich würde da gerne auf Nummer sicher gehen. Sie verstehen?«

»Na klar«, lächelte Göttel und verließ den Schreibtisch. »Folgen Sie mir in die Alchemistenküche.«

»Alchemistenküche?«

»Unser Labor, wenn Sie so wollen. Den Namen hat mein Onkel geprägt. Dort können wir neue Biersorten in kleinen Mengen brauen.«

Gerlach folgte dem jungen Mann, der ein erstaunliches Tempo vorlegte. Über die Treppe ging es zurück ins Sudhaus, vorbei an den kupfernen Sudpfannen. Hinter einer unscheinbaren Tür lag die Alchemistenküche, die ihren Namen zu Recht trug. Auf langen Tischen standen mehrere kleine Sudpfannen aus Edelstahl für etwa fünfzig Liter. Schläuche, Eimer, Messgeräte, Filter und andere Utensilien komplettierten das Versuchslabor. Der Duft tendierte hier allerdings mehr zum Geruch. Kopf- und Herznote waren intensiver als im Sudhaus. Außerdem glaubte Gerlach, Bitterstoffe wahrzunehmen, konnte sich aber auch täuschen. Wie auch immer, es roch nach Chemie, nicht nach alter Braukunst.

Göttel eilte durch den Raum, ohne die Gerätschaften auch nur eines Blickes zu würdigen. Sein Ziel war eine Reihe großer Kühlschränke, die an der hinteren Wand standen.

»Kommen Sie, Herr Gerlach, kommen Sie!«

Der junge Mann öffnete die erste Tür, die den Blick auf mehrere Reihen Bierflaschen freigab, deren Etiketten große Ziffern und Buchstaben trugen. Göttel zog eine der Flaschen heraus, stellte sie aber gleich wieder zurück.

»Zu herb«, sagte er. »Nicht weihnachtlich genug. Da würde doch ein Gewürzbier weitaus besser passen. Warten Sie mal ... Ja, wie wäre es mit 12 B. Vanille und Zimt.«

»Vanille und Zimt?«, wiederholte Gerlach skeptisch. »Das entspricht aber nicht dem Reinheitsgebot.«

»Das ist, historisch betrachtet, ja auch noch sehr jung. Bevor die Brauer den Hopfen entdeckten, kamen Gewürze und Kräuter zum Einsatz. Gewürzbiere sind wie eine Zeitreise ins Mittelalter. In eine Zeit vor dem Hopfen.«

Göttel öffnete den Schnappverschluss der Flasche, nahm ein Glas aus einem Wandregal und füllte es zur Hälfte mit dem Vanille-Zimt-Bier.

»Bitte.«

Gerlach zögerte, griff dann aber doch zu. Ein ungewohntes Aroma stieg ihm in die Nase. Vorsichtig nippte er an dem braunen Gebräu. Wie ein Sommelier ließ er die Flüssigkeit durch den Mund wandern, spuckte sie aber nicht aus.

»Gewöhnungsbedürftig«, urteilte er kurz und bündig. »Nichts für uns.«

»Macht gar nichts«, lächelte Göttel. »Versuchen wir es mit 30 C. Ingwer und Kardamom.«

Noch skeptischer als beim ersten Mal nahm Gerlach das Glas entgegen und führte es zum Mund.

»Erstaunlich«, urteilte er nach dem dritten Schluck. »Das wäre schon eher etwas. Es schmeckt tatsächlich weihnachtlich. Eine Spur nach Lebkuchen. Aber es fehlt mir das klassische Bieraroma.«

»Dann sollten Sie 30 A probieren. Ingwer, Kardamom, aber auch etwas Hopfen«, lächelte Göttel geduldig.

Gerlach ließ sich nicht lange bitten und nahm gleich einen kräftigen Schluck. Das war es, das war sein Weihnachtsbier. Die Aromen hatten die richtige Mischung, riefen Bilder in ihm wach. Bilder aus der Kindheit. Er wusste nicht, warum, denn seine Eltern waren keine Biertrinker gewesen. Vielleicht waren es die Gewürze.

»Fantastisch! Ehrlich, das ist ein Weihnachtsbier! Was interessiert mich das Reinheitsgebot«, meinte er und leerte das Glas. »Warum hat Ihr Onkel mir das nicht im letzten Jahr angeboten?«

»Das kann ich Ihnen nicht sagen«, erklärte Göttel. »Die Alchemistenküche gibt es schon seit Jahrzehnten.«

»Was war das für ein bitteres Zeug im letzten Jahr?«, erkundigte sich Gerlach.

»Es könnte Gagelbier gewesen sein. Gagel, auch Bierporst genannt, ist ein sehr altes Biergewürz. Es enthält allerdings bittere Gerbstoffe. In Dänemark wird Gagel noch angebaut und verwendet.«

Göttel schloss die Tür und öffnete die des nächsten Kühlschranks.

»Es müsste 6B sein.«

»Warum stehen eigentlich die Zutaten nicht auf den Etiketten?«, fragte Gerlach.

»Das ist doch nicht schwer zu erraten«, grinste Göttel. »Betriebsgeheimnis. Die Rezepte liegen im Tresor. Zusammen mit den Nummern.«

»Verständlich«, nickte Gerlach. »Darf ich …?«

Sein Gastgeber öffnete die neue Flasche und füllte ein frisches Glas bis zur Hälfte. Gerlach war nun wieder vorsichtiger und begnügte sich mit einem Schlückchen. Seine Mundwinkel sprachen Bände und nahmen sein Urteil vorweg.

»Ja, etwas in der Art«, sagte er. »Und dabei hatte er mir ein süffiges, süßes Bier versprochen. Und in dieses

Labor hat er mich auch nicht geführt. Aber lassen wir das jetzt. Wie sieht es mit 30A aus? Achthundert Liter? In Halbliterflaschen? Mit unseren Etiketten? Weihnachtsbier 2017? Bis zum 15. Dezember? Schaffen Sie das?«

»Kein Problem. Da wäre dann allerdings noch der Preis«, gab Göttel zu bedenken. »Zu den Konditionen wie im letzten Jahr können wir diesmal nicht liefern.«

»Das spielt keine Rolle«, lächelte jetzt Gerlach. »Hauptsache, Sie liefern mir dieses Bier mit den Qualitätsetiketten. In Holzkisten. Egal, was sie kosten. Ich will es so. Verstehen Sie? Das ist gut für das Betriebsklima.«

»Abgemacht«, freute sich Göttel. »Dann lasse ich Ihnen gleich morgen ein Angebot mailen.«

»Dabei fällt mir ein, brauchen Sie Ihren Onkel nicht für Geschäfte dieser Art? Ist nur so eine Frage. Er ist ja sehr ... dominant.«

»Diplomatisch ausgedrückt«, meinte Göttel und schloss die Kühlschranktür. Die Gläser und angebrochenen Bierflaschen stellte er in ein Spülbecken. »Cholerisch finde ich treffender. Aber machen Sie sich keine Sorgen, ich kümmere mich persönlich um Ihren Auftrag. Sie bekommen Ihr Weihnachtsbier pünktlich und bis vor die Haustür geliefert. Versprochen.«

Erleichtert verließ Gerlach die Alchemistenküche und wunderte sich noch immer darüber, warum sie ihm bislang vorenthalten worden war. Göttels Neffe gefiel ihm, seine Art gefiel ihm, seine Selbstsicherheit, sein Auftreten. Eines Tages würde er bestimmt einen guten Chef abgeben.

Im Sudhaus empfing ihn wieder der ausgewogene, angenehme Duft, der Natürlichkeit und Brautradition signalisierte.

»In der vierten Pfanne ist die Würze noch nicht gehopft. Ich könnte sie gleich noch würzen und dann kochen«, schlug Göttel vor. »Dann ist Ihr Weihnachtsbier schon zum 1. Dezember einsatzbereit.«

»Ginge das?«

»Wir sind ein flexibler Betrieb«, versicherte Göttel. »Ich brauche nur die Formel aus dem Tresor. Das ist alles. Die Gewürze haben wir immer auf Lager.«

»Sind Sie denn auch Braumeister?«, fragte Gerlach.

»Nein, ich habe Betriebswirtschaft studiert. Aber ich stamme aus einer Brauerdynastie. Ich bin damit aufgewachsen. Mit der Sudpfanne kann ich umgehen. Und dank der Formel ...«

»Gut. Ich vertraue Ihnen«, lächelte Gerlach. »Ich hoffe nur, Sie bekommen keinen Ärger mit Ihrem Onkel. So cholerisch, wie er sein kann. Wenn ich da an das letzte Jahr denke. Als ich mich beschweren wollte. Egal. Schwamm drüber.«

»Machen Sie sich keine Sorgen, mein Onkel wird sogar persönlich das Würzkochen überwachen. Er will Sie doch nicht als Kunden verlieren. Ich werde ihm einen Gruß ausrichten.«

»Tun Sie das«, sagte Gerlach und reichte dem jungen Mann die Hand. »Bis zum 1. Dezember.«

»Bis zum 1. Dezember.«

Gerlach schlenderte zufrieden an den Sudpfannen vorbei auf den Ausgang zu. Aus dem ernsten Gespräch, das er mit dem alten Braumeister hatte führen wollen, war nichts geworden. Seine Sorge, sich nach einer anderen Spezialitätenbrauerei umsehen zu müssen, hatte sich in Luft aufgelöst. Noch einmal sog er den Duft ein, genoss Malz und Hopfen. Auf die Geräusche, die sich hinter ihm meldeten, achtete er nicht. Er hatte nur noch das Weihnachtsbier im Kopf, sah bereits die Gesichter von Karl und Lea, von Marie und Sean. Sollte er tatsächlich dieses Bier mit der Nummer 30A erhalten, würde das Fest ein wahres Fest werden, würde die Tradition endgültig etabliert sein. Das ECT-Weihnachtsbier. Analog bis zur Hopfendolde.

Hinter ihm schepperte Metall.

Gerlach öffnete die Tür und ging zu seinem Wagen, den er im Hof der Brauerei geparkt hatte. Als der Elektromotor den Wagen beschleunigte, dachte er kurz an den jungen Göttel. Er wäre der bessere Chef.

Der junge Göttel machte sich ans Hopfen und Würzen. Er wollte Gerlach unbedingt als Kunden behalten. Das war die Art Kundschaft, die der Brauerei das Überleben sichern sollte. Kunden, die sich Spezialbiere brauen ließen. Designerbiere in Bioqualität. Individualisierte Biere. Kein Bier mehr von der Stange, kein Pils, kein Export, kein Dunkles. Das alte Konzept war nicht mehr konkurrenzfähig, war antiquiert, war von gestern. Die Zukunft gehörte neuen Biersorten.

Er hatte das Rezept aus dem Tresor geholt und die Gewürze abgewogen und stand nun vor der vierten Sudpfanne, in der die geläuterte Würze wartete. Mit einem kräftigen Ruck zog er den Kupferdeckel zur Seite. Licht fiel in die Sudpfanne und auf einen leblosen Körper, der in der Würze schwamm, den Kopf nach unten. Es war sein Onkel, der seine Sturheit mit dem Leben bezahlt hatte.

»In der vierten, nicht in der ersten Pfanne«, sagte Göttel leise. »Wie konnte ich das nur vergessen. Macht nichts, dann nehme ich eben die erste Pfanne. Ich bin ja jetzt hier der Chef.«

Johannes Wilkes
Eiskalt

Bibbernd trat die junge Mutter von einem Bein aufs andere. Zwar hatte sie sich warme Lammfellsohlen in die Stiefel gesteckt, dennoch fror sie wie ein Schneider. Die Wangen ihrer beiden Jungs, die mit ihren Stöcken der schwarzen Scheibe nachjagten, glühten hingegen rot. Der Winter war mit dem Pelzmärtel gekommen, ungewöhnlich früh und ungewöhnlich hart. Sein klirrender Freund, der Ostwind, hatte keine Mühe gehabt, den Alterlanger See in nur wenigen Tagen mit einer dichten Eisschicht zu überziehen, zur Freude der Schlittschuhfahrer. Wegen ihrer Jungs aber stand Lena nicht am Ufer, die beiden hätte sie getrost allein aufs Eis gelassen. Lena war wegen Tamara hier. Tamara war ihr Sorgenkind und zugleich ihr Sonnenschein. Die Kleine war gerade fünf Jahre alt geworden und lebte in ihrer eigenen Welt, still und versonnen, ging ihre eigenen, nur ihr vertrauten Wege. Oft beschäftigte sie sich mit den sonderbarsten Dingen, streichelte einen Stein oder legte ihre Hände in eine Ameisenstraße und freute sich, wenn die Tierchen über sie hinwegkrabbelten. Die Kinderärztin hatte den vorsichtigen Verdacht auf eine autistische Störung geäußert, doch Lena wollte nicht daran glauben. Die junge Mutter ließ ihr Mädchen nicht aus den Augen. Jetzt spielte sie hinten auf dem Eis, dort, wo der Biber zwei Bäume gefällt hatte und nur noch die Stümpfe standen. Das Mädchen drehte sich im Kreis und sah dabei zum grauen Himmel empor. Dann ging sie in die Knie und wischte mit den Händen, die in dicken Fäustlingen steckten, immerfort im Kreis auf dem Eis herum, wieder und wieder, manchmal stieß sie einen Jauchzer dabei aus. So gerne hätte Lena gewusst, was Tamara dachte und empfand, doch das Mädchen sprach nur einfachste Sätze. Es ist hart, sein eigenes Kind nicht zu verstehen, ja vielleicht ist es das Härteste überhaupt.

»Was hast du denn auf dem Eis gemacht?«, fragte sie ihre Tochter, als sie wieder nach Hause gingen.

»Mann winken«, sagte Tamara nur.

»Und?« Mit Schwung warf Mütze seine Handschuhe aufs Fensterbrett, als er das Revier betrat.

»Nichts«, sagte Big-Chip, »außer dass die Rasenheizung vom Club eingefroren ist. Spielabsage.«

»Weicheier«, sagte Mütze, »wir haben früher noch die gefrorenen Maulwurfshügel umdribbelt.«

»Ich weiß«, lachte Big-Chip, »und die Eiszapfen von der Querlatte geschossen.«

»Nichts Neues von unserem Vermissten?«

»Wieder eine Riesenseite in der Zeitung. Seine Kollegen tun, was sie können.«

Seit nunmehr zehn Tagen war er verschwunden, Hubert Gundel, Redakteur beim *Erlanger Tagblatt*. Am Dienstag war er nicht wie gewohnt in der Redaktion erschienen, und ans Handy war er ebenfalls nicht gegangen, darauf hatten seine Kollegen besorgt bei ihm zu Hause nachgesehen. Als sich auch in seinem kleinen Reihenhaus in Alterlangen nichts rührte, hatten sie die Polizei um Hilfe gebeten. Hubert Gundel lebte allein. Dass er so mir nichts, dir nichts auf eine Reise gegangen war, schlossen Kollegen und Freunde mit Sicherheit aus. So was machte Hubert Gundel nicht. Zuletzt gesehen hatte man den verdienten Lokaljournalisten bei einem Bier im *Steinbach*, danach verlief sich seine Spur. Ob er noch nach Hause gegangen oder ob er schon auf dem Nachhauseweg verschwunden war, blieb unklar. Mütze hatte zunächst die Nachbarn befragt, keiner hatte Hubert Gundel mehr in der Nacht seines Verschwindens gesehen. Also hatte sich Mütze noch am selben Tag Zugang zu dem Reihenhäuschen verschafft, obwohl man gewöhnlich erst ein paar Tage verstreichen lässt, ehe man zu suchen beginnt, tauchen die meisten Vermissten doch von selbst wieder auf. Im Haus hatten sich keine Hinweise auf ein Verbrechen ergeben. Portemonnaie und Schlüssel fehlten, sonst schien alles an seinem Platz zu sein. Auch für eine plötzliche Abreise sprach nichts. Es klaffte zumindest keine größere Lücke im Kleiderschrank, und die Koffer standen ordentlich an ihrem Platz. Ein Mysterium. Alles schien möglich.

»Es hat schon andere gegeben, die sich still und heimlich vom Acker gemacht haben«, sagte Big-Chip.

»Du denkst an Suizid?«, fragte Mütze und rieb sich die kalten Hände.

»Nee, nee. Menschen, die die Schnauze voll haben und einfach mal abtauchen wollen.«

»Aber warum hat Gundel niemanden informiert?«

»Vielleicht genießt er es, dass man sich Gedanken über ihn macht. Aber klar, auch ein Suizid kommt infrage.«

»Oder ein Unglücksfall.«

»Oder eine plötzliche Liebe.«

»Wie das?«, fragte Mütze amüsiert.

»Na, stell dir vor, der Redakteur ist beim Verlassen des *Steinbachs* der Liebe seines Lebens begegnet. Vielleicht einer reichen Witwe aus St. Moritz. Sie hat ihn küssend in ihren Rolls-Royce gezogen, und nun lebt er als Pascha in ihrer Villa.«

»Das wäre wohl dein Traum vom Glück«, grinste Mütze.

»Nur wenn die Villa in Erlenstegen steht«, lachte Big-Chip, »vergiss nicht, was würde der Club ohne mich machen?«

»Da halte ich ein anderes Szenarium für wahrscheinlicher.«

»Nämlich?«

»Einen Lottogewinn. Was, wenn dieser Gundel den Jackpot geleert hat? Da kann man doch mit seinem Leben nicht einfach so weitermachen. Und erzählen darf man's auch keinem.«

Das Telefon schrillte. Mütze nahm ab. Es war ein Kollege, und er klang ziemlich aufgeregt.

»Wo? Am Alterlanger Weiher? Bleiben Sie an Ort und Stelle, wir sind sofort da!«

Es sieht seltsam aus, so ein Gesicht, das aus dem Eis auftaucht. Sehr bleich und sehr ungesund, nicht sehr fotogen, fast etwas wächsern. Ja, genau, es sah aus wie eine dieser Wachsfiguren von Madame Tussaud, fand Mütze. Er war vor vielen Jahren einmal in London gewesen, als ihn sein Freund Karl-Dieter zu einer Kulturreise überredet hatte. Mütze ging auf die Knie. Auch die Hand, die ein Stück neben dem Kopf im Eis zu erkennen war, wirkte teigig und leicht aufgequollen. Die Handfläche war geöffnet und die Finger standen ab, sodass es aussah, als wollte sie noch winken.

»Und wo ist Ihre Tochter jetzt?«, fragte Mütze die junge Frau.

»Daheim«, sagte die Mutter zitternd, »sie wird Ihnen nichts erzählen können.«

Mütze beugte sich nieder und versuchte, das Gesicht mit dem Handy zu beleuchten, worauf es jedoch im spiegelnden Eis verschwand. Mütze steckte das Handy wieder ein. Auch so war er sich sicher. Der Tote war Hubert Gundel.

»Na, da haben Sie mir ja wirklich mal was Besonderes gebracht!«

Professor Krautwurst beugte sich über die Aluminiumwanne, in die der Eisblock verfrachtet worden war. Die Alterlanger Feuerwehr hatte gute Arbeit geleistet. Es ist nicht leicht, eine in einem See vollkommen eingefrorene Leiche zu bergen. Der Feuerwehrhauptmann hatte die gute Idee mit der Stichsäge gehabt. Dennoch hatte es fast eine halbe Stunde gedauert, bis sie den Block freigelegt hatten, das Eis war an dieser Stelle gut und gerne sechzig Zentimeter dick. Als sie mit dem Sägen fertig waren, hatte sich die Frage gestellt, wie man den Eisquader aufs Land hieven sollte. Auch dafür hatte sich eine Lösung gefunden. Die Feuerwehr hatte vier Löcher in den Block gebohrt, in jede Ecke eines, und dicke, mit Ösen versehene Schrauben ins Eis gedreht. Zwei Tragriemen hatte man fest verknotet, dann hatte der Radlader den Block langsam anheben können. Eine saubere Arbeit. Wäre nicht das eine aus dem eisigen Quader heraushängende Bein gewesen, kein Mensch hätte gemerkt, was da im Eis verborgen war.

»Es wird ein Weilchen dauern, bis der Mann aufgetaut ist«, sagte der Pathologe zu Mütze.

»Sollen wir einen Föhn holen, Chef?«, fragte sein Gehilfe.

»Auf keinen Fall«, erwiderte Krautwurst, »mit gefrorenen Leichen muss man behutsam umgehen. Es reicht, wenn wir unseren Eismann in die Nähe der Heizung schieben. Gleich morgen früh werde ich mich an die Arbeit machen können.«

»Okay«, sagte Mütze, »ich bin gespannt, was Sie herausfinden.«

Nacht über Erlangen, Nacht über den Regnitzauen. Still wanderte der volle Mond über den sternklaren Himmel, die Uferbäume warfen schwarze Schatten auf das glitzernde Eis des Alterlanger Sees. Eine einsame Gestalt kam den schmalen Weg entlangspaziert, der von der Siedlung kommend zum Wasser führt. Auf der Brücke blieb die Gestalt stehen, beugte sich über das Geländer und schaute auf die Eisfläche hinab. Schwarz klaffte ein Rechteck im Eis, umstanden von dünnen Eisenstangen, an die man Flatterbänder gebunden hatte. Ein kaltes Grab ohne Leiche. Die Gestalt drehte sich um und ging den Weg zurück, den sie gekommen war.

Die Diagnose war eindeutig.

»Tod durch Ertrinken«, sagte der Professor, »ich kann's Ihnen leider nicht mehr demonstrieren, aber als ich den Thorax kräftig niedergedrückt habe, schoss ein hübscher Schwall Seewasser aus seiner Lunge.«

»Ich glaube Ihnen auch so«, sagte Mütze und sah auf den Toten nieder, der nun ordentlich auf einer Metallbahre lag, »also kommt ein Unfall in Betracht.«

»Im Prinzip ja«, sagte Krautwurst, »ein Detail jedoch spricht dagegen.«

Bei diesen Worten hob er den Schädel des Toten an. Der Hinterkopf sah nicht gut aus. Ein tiefes Loch klaffte im Hinterhauptbein.

»Und wenn er unglücklich gestürzt ist? Alkoholisiert und zu später Stunde, dazu die glatten Wege?« Big-Chip hielt die Fotos der Leiche unter seine Tischlampe.

»Auszuschließen«, sagte Mütze. »Die umschriebene Wunde, die Knochensplitter: Alles deutet auf einen kräftigen Schlag hin, sagt Krautwurst. Vielleicht mit einem Hammer oder etwas Ähnlichem als Tatwaffe. Anschließend hat der Täter sein noch lebendes Opfer in den See geworfen, wo es ertrunken ist. Das Eis war vor zehn Tagen noch so dünn, dass es der Körper durchbrochen hat. Ein Stück weiter ist er wiederaufgetaucht, unter der geschlossenen Eisdecke.«

»Ein Raubüberfall?«

»Möglich. Die Schlüssel haben wir gefunden, nicht aber das Portemonnaie oder das Handy.«

»Spuren vom Täter?«

»Fehlanzeige.«

Sie drehten jedes Blatt in dem kleinen Reihenhäuschen um, untersuchten noch die letzte Schublade. Auch wenn alles nach einem Raubmord aussah, durfte man bei den

Ermittlungen nicht nachlässig werden. Den Laptop des Toten steckte Mütze in eine Tasche. Um ihn würde sich Big-Chip kümmern. Kein Passwort, das vor ihm sicher war. Als Mütze das Haus wieder verlassen wollte, ging sein Handy. Krautwurst.

»Ob ich vorbeikommen kann? Kein Thema, bin in zehn Minuten bei Ihnen!«

Mütze drehte am Schräubchen des Mikroskops. Hellgrau schimmerte es auf, manchmal weißlich, dann wiederum changierte es ins Gelbliche. Lauter kleine Krümel.

»Auerbacher Marmor«, sagte der Professor, »zuerst hatte ich auch Carrara-Marmor in Betracht gezogen, der jedoch eindeutig mehr Weißanteile enthält. Für Marmor aus Naxos wiederum sind die Partikel zu kleinkörnig.«

Mütze hob den Kopf und rieb sich die Augen.

»Wie haben Sie das nur geschafft, Spuren von den Händen zu sichern? Die Leiche hat doch mehr als eine Woche im See gelegen.«

»Kaum Strömung, dazu die Eisbildung«, sagte der Professor, »wir haben ein bisschen Glück gehabt.«

»Also müssen wir davon ausgehen, dass Gundel vor seinem Tod noch irgendein Marmording angefasst hat.«

»So ist es«, sagte Krautwurst.

»Hm.« Mütze kratzte sich den Nacken. Gundel war zuletzt bei einem Bier im *Steinbach* gesehen worden. Dass er aus einem Marmorkrug getrunken hatte, war auszuschließen. Die Franken tranken zwar aus den fantasievollsten Gefäßen, der Marmorkrug aber war noch nicht erfunden. Nach allem, was ihre Ermittlungen ergeben hatten, musste sich der Redakteur zu Fuß nach Alterlangen aufgemacht haben. Der kürzere Weg hätte ihn über die Autobrücke Richtung Dechsendorf geführt. Eine längere, aber bei Radfahrern und Spaziergängern beliebtere Strecke lief durch die Regnitzwiesen und weiter zu den Alterlanger Seen. Mütze kannte den Weg. Nirgends war ihm bislang ein Stück Marmor aufgefallen. Man müsste den mutmaßlich letzten Weg noch einmal in der ganzen Länge ablaufen.

»Wie gesagt, Auerbacher Marmor«, sagte Krautwurst, »achtundneunzig Prozent Calcit, ein Prozent Quarz und ein Prozent opake Minerale.«

»Bingo!«, rief Big-Chip. Am späten Abend hatte er das Passwort geknackt. Mütze sprang auf und schaute Big-Chip über die Schulter. Der überflog zunächst die Dateien, dann überprüfte er den Suchverlauf der letzten Internetrecherchen.

»Schmiergeldaffäre und Siemens«, sagte Big-Chip und pfiff durch die Zähne, »ob Gundel einem neuen Skandal auf der Spur war?«

Mütze erinnerte sich. Alte Geschichten. Das Gras, das darüber gewachsen war, war längst reif für die Heuernte. Siemens hatte kräftig in die Tasche greifen müssen, die Strafen waren saftig ausgefallen. Seit Jahren aber war das Thema beerdigt. Eine neue Unternehmenskultur war eingekehrt, hieß es, nur noch saubere Geschäfte würden geduldet. Big-Chip suchte weiter, der E-Mail-Verkehr ergab keine Hinweise auf einen neuen Skandal. Mütze rieb sich die Nase. Hatte Gundel lediglich einen Artikel über die alten Sachen schreiben wollen? Und was hatte die Marmorspur zu sagen? Ein Bürger aus Schallershof hatte sich gemeldet. Vor wenigen Wochen sei er auf der nächtlichen Heimfahrt durch den Regnitzgrund nur knapp einem Überfall entgangen. Zwei Männer seien auf den Radweg gesprungen, nur durch kräftiges Treten in die Pedale sei er entkommen. War Gundel das zufällige Opfer eines Überfalls?

»Ich fahre noch mal zu Gundels Hütte!«, rief Mütze und verabschiedete sich.

Es war Nacht geworden, als Mütze das Siegel an der Haustür aufbrach. Hatten sie bei der Untersuchung des Hauses etwas übersehen? Wieso hatte Gundel, wenn er schon zum Schmiergeldskandal recherchierte, keine Datei angelegt? Hatte er einen USB-Stick oder ein anderes Speichermedium benutzt und irgendwo versteckt? Aber wo? Mütze sah sich um. Wo würde er einen Stick verstecken? Mütze ging in die Küche und besah sich das Gewürzbord. Von jedem der kleinen Tongefäße zog er den Korken heraus und äugte hinein. Beim Pfeffer musste er laut niesen, einen Speicherstick aber fand er nicht. Auch im Kühlschrank und in der Müslisammlung Fehlanzeige. Der Kommissar ging ins Wohnzimmer, kramte hier, kramte dort, dann besah er sich das Blumenfenster. Sein Blick fiel in den nächtlichen Garten und in den Garten des Nachbarn. Mütze stutzte. Fahl glänzte im Licht der Weihnachtsbeleuchtung eine nackte Schöne. Sie stand mit bloßen Füßen im Schnee und mühte sich mit einer Vase ab, die sie auf dem Kopf trug. Mützes Augen verengten sich zu Schlitzen. Er griff nach seinem Handy.

»Big-Chip? Kannst du mal nachschauen, wer im Reihenhaus neben Gundel wohnt? – Ja, sein Nachbar zur Rechten. – Ich bleib in der Leitung. – Achim Wurzelhuber ... okay, hab ich notiert. Kannst du googeln, ob über ihn was im Netz steht? – Siemens, Energy Management, okay, könnte interessant sein. – Noch was? Nee, nee, alles in Ordnung hier. Bin dann auch gleich weg. Will mir nur mal kurz ne nackte Frau anschauen.«

Mütze wählte den Weg über die Terrasse. Die Gärten waren nur durch einen Jägerzaun voneinander getrennt, mit einem Sprung war Mütze hinüber. Kurz warf er einen Blick zum Nachbarhaus zurück. Im spärlich beleuchteten Wohnzimmer flackerte es. »Der Fernseher«, dachte Mütze und schlich geduckt noch tiefer in den Garten hinein. Die Schöne stand auf einem kleinen Podest. Mütze zog eine kleine Plastiktüte hervor. Viel Material brauchte er nicht, Krautwurst schien ja mit den geringsten Mengen auszukommen. Vorsichtig kratzte der Kommissar der Nackten mit dem Taschenmesser an der Hüfte und ließ den Staub in das Tütchen rieseln. »Nur nicht kichern, meine Hübsche«, knurrte er dabei. Ob das tatsächlich Auerbacher Marmor war? Krautwurst hatte gemeint, es handle sich um eine wertvolle und recht seltene Gesteinsorte, nicht geeignet für Massenproduktionen aus dem Baumarkt. Als Mütze Messer und Tüte wieder eingesteckt hatte, überlegte er, ob er versuchen sollte, die Göttin beiseitezurücken. Was war ihr Geheimnis? Ob sie einen Schatz bewachte? Gerade wollte er sie mit beiden Händen packen, da sauste etwas auf ihn nieder und es wurde Nacht.

Eine Schubkarre lässt sich bequem schieben, selbst wenn man einen erwachsenen Mann aufgeladen hat. Das liegt an der Position des Rads. Hebel und Drehmoment hätte der Mann, der die Schubkarre schob, locker berechnen können, von Physik verstand er nicht wenig, wenngleich sein Spezialgebiet die Elektrizitätslehre war. Aktuell aber war ihm nicht nach physikalischen Berechnungen zumute, aktuell ging es ihm darum, möglichst schnell und ungesehen den Alterlanger See zu erreichen. Das leere Grab wollte wieder gefüllt werden, dachte er sich, und über sein Gesicht huschte ein diabolisches Lächeln. Die neue Eisdecke würde nicht viel Widerstand bieten, schwupps, und hinein mit dem neuen Spion. Dessen Schädel hatte sich als bedeutend härter erwiesen, das aber half ihm nun auch nichts mehr. Abseits des Weges, im Uferbereich, wurde der Untergrund uneben, und der Mann in der Schubkarre begann zu hüpfen. »Bald hast du's hinter dir«, knurrte Wurzelhuber, »was musst du auch so verdammt neugierig sein?«

Nun hatte er den See erreicht, dicht bei dem schwarzen, klaffenden Rechteck, und begann, die Griffe der Schubkarre hochzustemmen: »Hinein mit dir!« Mütze begann bereits zu rutschen, da rief es: »Hände hoch, Polizei!«

Eis. Ein dicker Eisbeutel direkt auf dem Hinterkopf. Mühsam öffnete Mütze die Augen: »Wo bin ich?«

Big-Chip lachte. »Noch nicht bei den Engelein.«

»Das sehe ich, du Idiot. Wie komme ich hierher?«

»Ich hab dich gefunden.«

»Gefunden?« Mühsam tastete Mütze nach dem Eisbeutel. »Wo denn?«

»In einer Robbern.«

»Worin, zum Teufel?«

»In einer Robbern. Du wirst doch die fränkische Schubkarre kennen. Übrigens hattest du recht, die schöne Nackte ist tatsächlich aus Auerbacher Marmor gehauen. Du ahnst nicht, was zum Vorschein gekommen ist, als ich sie beiseitegeschoben habe.«

Mütze kam eine dunkle Erinnerung, und er wollte sich aufrichten, fiel jedoch stöhnend zurück in die Kissen.

»Ich sag's dir«, fuhr Big-Chip fort, »unter ihr befindet sich ein alter Brunnenschacht. Darin hat dieser Wurzelhuber alles gebunkert, das ganze schöne Bestechungsgeld. Statt die Mexikaner damit zu schmieren, hat er alles brav wieder mit nach Hause genommen.«

»Gundel muss ihn beim Verstecken beobachtet haben«, flüsterte Mütze und verzog schmerzhaft das Gesicht.

»Oder beim Rausholen. Aber nicht nur das: Er ist in den Garten geschlichen, um genauer nachzusehen, das ist ihm zum Verhängnis geworden.«

Mütze musste an den eingeschlagenen Schädel des armen Journalisten denken und begann erneut stöhnend nach seinem Hinterkopf zu tasten.

»Finger weg«, sagte Big-Chip. »Hast Glück gehabt, in dem Loch hat noch nicht mal eine Murmel Platz.«

»Warum, verdammt, musstest du mich bei der Arbeit stören?«

»Och, reiner Egoismus. Hast wohl gehofft, ich würde deine Weihnachtsschicht übernehmen.«

Hans Kurz
Ein Albtraum vor Weihnachten

So einen Winter hatte es selbst im nördlichen Steigerwald schon lange nicht mehr gegeben: eine geschlossene Schneedecke seit Anfang Dezember und Aussicht auf weiße Weihnachten. Da reden derzeit alle drüber, dachte sich Anette Schreiber. Darum war »die Schreibera vom Effdee«, wie die Lokalreporterin des *Fränkischen Tags* genannte wurde, in den Wäldern um Ebrach unterwegs, um Stimmungen und Stimmen zu einer Wintergeschichte für die Zeitung aufzuspüren. Ob der Räum- und Streudienst noch genügend Salzvorräte hatte und dass die Männer vom Bauhof schon zu nachtschlafender Zeit unterwegs waren, um den Bürgern sichere Wege zu bahnen, wurde zwar bei jedem Wintereinbruch neu aufgelegt, war der Redakteurin aber zu abgedroschen. Letztes Jahr hatte sie schon darüber berichtet, dass auch auf dem neuen Baumwipfelpfad Schnee geschippt und Eis gekratzt wurde, bis hinauf auf den vierzig Meter hohen Aussichtsturm. Ein neuer Aspekt musste also her. Doch für eine gute Story benötigte die Schreibera Menschen – oder Tiere. Menschen waren dort, wo sie gerade den mehr als knöchelhoch verschneiten Waldweg entlangstapfte, aber weit und breit nicht zu sehen. Und in dem letzte Nacht frisch gefallenen Schnee zeichneten sich nur wenige Tierspuren ab.

Die Schreibera wollte schon wieder umdrehen, da hörte sie in einiger Entfernung eine Motorsäge. »Waldarbeiter im Winter«, das könnte doch eine spannende Reportage werden, überlegte sie. Einfach dem Geräusch nachsteigen wollte sie nicht. Denn wenn der Forstbetrieb hier Bäume fällte, dann waren neugierige Wanderer nicht so gern gesehen. Vor allem, weil es gefährlich war, sich dort aufzuhalten. Außerdem schwelte immer noch der Streit zwischen Naturschützern und Holzindustrie um einen Nationalpark Steigerwald und um ein Schutzgebiet, das die Staatsregierung nach nur einem Jahr per rückwirkender Gesetzesänderung hatte wieder aufheben lassen. Vermintes Territorium also, auf dem sich die Schreibera gerade befand. Sie wollte dennoch beim Forstbetrieb anrufen und nachfragen, ob es möglich wäre, die Arbeiten vor Ort journalistisch zu begleiten. Ein Blick auf ihr Handy zeigte aber, dass es hier keinen Empfang hatte, also steckte sie das Telefon wieder weg.

In dem Moment heulte erneut eine Motorsäge auf. Diesmal schien es viel näher zu sein als vorhin. Die Schreibera machte noch ein paar Schritte den ansteigenden Waldweg hinauf. Die Motorsäge schwieg jetzt. Dafür entdeckte die Reporterin etwas anderes. Quer über den Weg, der breit genug war für die Harvester, die gigantischen Holzerntemaschinen, zog sich eine Spur durch den ansonsten jungfräulichen Schnee. Genauer gesagt waren es drei Spuren. Links und rechts je eine mehrere Zentimeter breite Linie. Von einem Skilangläufer waren die allerdings nicht. Sie verliefen absolut parallel, lagen jedoch mehr als einen Meter auseinander. Und dazwischen befanden sich Fußabdrücke. Nein, Hufabdrücke.

Das musste ein Pferdeschlitten gewesen sein, stellte die Schreibera fachkundig fest. Sie hatte selbst eine Ponykutsche und kannte sich in der Kutschenszene im Landkreis gut aus. Ihr fiel aber keiner ein, der einen großen Pferdeschlitten besaß. Nun gut, wahrscheinlich hatte irgendjemand so ein altes Ding noch in der Scheune stehen. Und in den vergangenen Jahren, wenn nicht Jahrzehnten, war wohl nie Gelegenheit gewesen, das seltene Stück zu aktivieren. Doch was hieß eigentlich Pferdeschlitten? Die Schreibera sah sich die mittlere Spur nun etwas genauer an. Diese stammte eindeutig von einem Vierbeiner. Und zwar von einem Paarhufer. Sie holte das Handy wieder aus der Jackentasche und machte ein Foto. Nur eines. Denn danach gab der Akku bei der Kälte den Geist auf. Die Neugier der Reporterin war aber geweckt. Sie betrachtete den Verlauf der Spur. Die kam von dem Hang zur Rechten, querte den Weg und verschwand schließlich zur Linken hangabwärts zwischen großen, alten Buchen. Die Spur schien noch sehr frisch zu sein, aber Anette Schreiber versprach sich nichts davon, ihr in den verschneiten Forst zu folgen.

Sie machte sich lieber auf den Rückweg zum Auto, um noch ein paar Dinge zu recherchieren. Denn in ihr keimte ein Verdacht.

Hatte da einer eine Kuh vor den Schlitten gespannt? Einen Hirsch vielleicht? Oder gar ein Rentier? ... Im vergangenen Jahr hatten rund um Halloween weltweit sogenannte Horrorclowns für mediale Aufregung gesorgt. Und vor wenigen Wochen hatte sich in der Redaktion des *Fränkischen Tags* ein Mann aus Ebrach gemeldet. Er sei am Vorabend von Allerheiligen beim Waldspaziergang mit seinem Hund von einem Mann im Weihnachtsmannkostüm mit einer Kettensäge bedroht worden. Die Polizei glaube ihm nicht und habe ihn weggeschickt. Bei den Stichworten »Ebrach« und »Hund« hatten die Kollegen den Mann zur tierliebenden Steigerwaldanwohnerin Schreibera geschickt, wohl froh, sich nicht mit dem Spinner auseinandersetzen zu müssen.

Als Anette Schreiber den Waldparkplatz erreichte, war weit hinter ihr im Wald noch einmal eine Motorsäge zu hören. Sie drehte sich kurz um, stieg dann aber ins Auto und fuhr nach Bamberg in die Redaktion.

Um das Thema Wintereinbruch kümmerte sich inzwischen die Praktikantin, die bei diversen Straßenmeistereien anrief und sich nach den Salzvorräten und den besonderen Herausforderungen angesichts der ungewöhnlich ausdauernden Schneefälle erkundigte. Die Schreibera hatte noch einige andere Themen zu bearbeiten. Zwischendurch schaute sie immer wieder auf das Foto, das sie gemacht hatte. Viel war in dem Weiß-in-Weiß bei diffusem Licht nicht zu erkennen. Sie schickte das Bild auf ihren PC. Der große Bildschirm zeigte die Spur etwas deutlicher. Dann googelte sie nach Hufabdrücken von Kühen und von Rentieren. Wäre schon möglich, meinte die Schreibera und suchte schließlich im Archiv des Redaktionssystems den Artikel heraus, den sie vor gut einem Monat über den Ebracher und dessen Begegnung mit dem angeblichen Horrorweihnachtsmann geschrieben hatte.

Der Mann hatte tatsächlich leicht verwirrt gewirkt, erinnerte sie sich. Aber das war ja wohl kein Wunder, wenn er wirklich erlebt hatte, was er berichtete. Und er hatte die Situation teilweise sehr genau beschrieben. Etwa, dass es »so ein typischer Coca-Cola-Santa-Claus« gewesen sei, nur »nicht ganz so rotbackig und rundlich«. Außerdem hatte er sehr präzise geschildert, wie der Kostümierte die Stihl-Kettensäge mit einem raschen Zug am Anwerfseil gestartet und zwei Schritte auf ihn zugemacht habe. Sein

Hund, ein »an sich furchtloser Schäferhundmischling«, sei schon beim ersten Aufheulen der Motorsäge geflüchtet, nachdem er den Rotgewandeten zuvor noch verbellt habe. Dann sei auch er selbst um sein Leben gerannt und habe sich nicht mehr umgedreht. Die Polizei hatte auf Nachfrage der Schreibera damals angegeben, sie habe den Mann nicht einfach weggeschickt. Vielmehr sei sogar eine Streife in den Wald dort gefahren, habe aber keine verdächtigen Spuren entdeckt. Weitere Weihnachtsmannbeobachtungen oder Zwischenfälle mit Kettensägen seien nicht gemeldet worden. Auf den Artikel hin hatte es zwar einige hämische Kommentare im Internet gegeben. Fast schon überraschend hatte sich aber niemand mit weiteren Horror-Claus-Sichtungen zu Wort gemeldet.

Als sie ihr Tagwerk verrichtet hatte, fuhr die Schreibera nach Hause an den Rand des Steigerwaldes. Nachts riss sie ein gewaltiger Donnerschlag aus dem Schlaf. Draußen tobte ein heftiges Wintergewitter. Es stürmte und schneite. Sie warf sich einen Mantel über, stieg in die Gummistiefel und kämpfte sich durch Wind und nassen, schweren Schnee, um nach den Ponys zu sehen. Die standen verängstigt im hintersten Winkel des Stalls. Auch die Katze hatte sich dorthin verkrochen. Wieder blitzte und donnerte es in unmittelbarer Nähe. Fehlt nur noch der Weihnachtsmann mit Kettensäge, dachte die Schreibera und musste gähnen.

Am frühen Morgen, es war noch dunkel, erwachte sie auf dem Stroh. Eigentlich hatte sie, sobald es hell war, noch mal nach Ebrach raus gewollt, um die Schlittenspur weiterzuverfolgen. Doch das konnte sie sich nun wohl sparen. Also mistete sie erst den Stall aus, machte sich dann halbwegs frisch und schließlich auf den Weg nach Bamberg in die Redaktion.

Als sie beim Bäcker im Dorf noch Station machte, um sich ein Frühstück zu besorgen, klingelte ihr Telefon. Der Lokalchef war dran. Die Staatsforsten baten kurzfristig und dringend zum Pressetermin in Ebrach. Eine der ganz alten Buchen war umgestürzt. Offenbar hatte jemand nachgeholfen. Dann halt doch Ebrach. Als sie auf der Bundesstraße wendete, sah sie schon das Auto des *FT*-Fotografen im Rückspiegel. Ronald winkte ihr zu.

Im Forstamt in Ebrach hatten sich bereits einige Journalisten eingefunden. Der Schutz der alten Buchen im Steigerwald war ein brisantes Thema. Und nun war eine jener sogenannten Methusalembuchen gefällt worden, die sogar der staatliche Forstbetrieb mit einem aufgesprühten großen, roten »M« als unantastbar gekennzeichnet hatte. Da lag es für Naturschützer nahe, dass die Bayerischen Staatsforsten sich nicht einmal an ihr selbst verkündetes Schutzkonzept hielten. Und diesem auch in der Journalistenrunde aufkeimenden Verdacht, wollten sie nun offenbar offensiv entgegentreten. »Der Baum wurde ganz eindeutig unsachgemäß, also keineswegs von unseren Mitarbeitern, auf der vom Wirtschaftsweg abgewandten Seite angesägt. Möglicherweise über einen längeren Zeitraum hinweg. Bei dem Sturm ist er dann unter der Schneelast der vergangenen Nacht umgestürzt«, führte ein Sprecher des freistaatlichen Forstbetriebs aus. Mitarbeiter hätten unmittelbar nach Tagesanbruch den Baumfrevel entdeckt, als sie den Wald nach Schneebruchgefahren absuchten. Er zeigte Fotos, wollte die Anwesenden wegen der Gefahr aber nicht zu einem Ortstermin führen. Das nährte natürlich die Skepsis der Journalisten, die eher einem Nationalpark Steigerwald zuneigten. »Waren das jetzt Naturschützer, die den Staatsforsten etwas in die Schuhe schieben wollen?«, lautete eine der Fragen. Sie blieb unbeantwortet, obwohl der Staatsforstsprecher das in seinen Ausführungen eindeutig impliziert hatte.

Die Schreibera dachte sich ihren Teil. Nach dem Termin überredete sie den Fotografen, mit ihr zu dem Waldstück zu fahren, in dem sie am Vortag unterwegs gewesen war. Sie erzählte ihm von der Schlittenspur und dem Horrorweihnachtsmann.

»Das klingt ja wie *Nightmare Before Christmas*«, meinte der Cineast Ronald.

Ist wohl ein Film, dachte sich die Schreibera, offenbarte ihre Kenntnislücke jedoch nicht.

Gleich hinter dem Wanderparkplatz war quer über den Waldweg ein rot-weißes Absperrband gespannt. Die Schneedecke war noch ein gutes Stück höher geworden, doch auf dem Weg gruben sich tiefe Furchen bis hinein ins Erdreich. Das sah nach den Harvestern des Forstbetriebs aus. Die Reporterin und der Fotograf kämpften sich zu Fuß durch das schwierige Gelände. Dort, wo die Schreibera am Tag zuvor die Schlittenspur entdeckt, die Motorsäge gehört und schließlich kehrtgemacht hatte, sahen sie den Baumriesen liegen. Verschiedene glatte Schnitte gingen etwa durch die Hälfte des meterdicken Stammes, der Rest wies Bruchstellen eines unkontrollierten Umstürzens auf. Ronald dokumentierte es aus allen möglichen Blickwinkeln. Von Schlittenspuren, womöglich sogar mit Rentierhufabdrücken, war nichts mehr zu sehen.

In der Lokalredaktion dann saß die Schreibera an ihrem Schreibtisch und wusste nicht so recht, was sie schreiben sollte. Nur die Sache mit dem angesägten Baum, wie sie die Forstleute geschildert hatten? Die würde so in allen Zeitungen in der Region stehen. Also mehr? Doch dafür hatte sie keinen Beleg, außer dem einen Handyfoto, das nicht sehr aussagekräftig war, weil es überall entstanden sein konnte. Die Schreibera suchte im Archiv des Redaktionssystems den Artikel heraus, den sie über den Halloween-Weihnachtsmann geschrieben hatte. Den Namen des Mannes hatte sie nicht erwähnt, um ihn davor zu schützen, sich möglicherweise lächerlich zu machen. Sie blätterte sich durch alte Notizblöcke. Dann kam eine Mail von Ronald. Normalerweise schrieb er »Bilder laufen unter Dateiname xy* ins System«, damit die Redakteure sie finden konnten. Dieses Mal schickte er zwei Fotos im Anhang mit. Und noch bevor Anette Schreiber sie öffnen konnte, klingelte ihr Telefon.

»Schau sie dir ganz genau an«, sagte Ronald geheimnistuerisch. Der Schreibera fiel erst mal nichts auf. »Ganz rechts oben«, gab ihr der Fotograf einen Tipp. Da war tatsächlich ein kleiner roter Fleck im Weiß und Grau des Hintergrundes. Sie zoomte die Stelle heran. Ja, das konnte schon ein Weihnachtsmann sein. »Das zweite Bild ist noch ein bisschen besser«, meinte Ronald. Das stimmte. Und mit viel Fantasie konnte man sogar eine Kettensäge erkennen. Abgedruckt in der Zeitung oder formatreduziert im Internet aber wohl eher nicht.

»Sollen wir noch mal raus und ihn suchen?«

»Ich melde mich«, meinte die Schreibera.

In einem ihrer Blöcke fand sie dann die Notizen. Wie Schuppen fiel es ihr von den Augen. »Der hat mich verarscht, und ich hab's nicht gemerkt!«, sagte sie so laut zu sich, dass die Kollegen aufblickten. Als Klaus Sander hatte der Mann sich vorgestellt. Er hatte selbst den Santa Claus ins Spiel gebracht, der Sander Klaus. Die Schreibera hätte sich in den Arsch beißen mögen, dass ihr das nicht gleich aufgefallen war. Sie wählte die Telefonnummer.

»Sander«, meldete er sich.

»Schreiber vom *FT*. Erinnern Sie sich? Es ist wieder ein ... Weihnachtsmann gesichtet worden.« Den Santa Claus verkniff sie sich. »Können wir uns treffen? Heute noch?«

»Ich bin im Wald unterwegs. Sagen wir in einer Stunde am Baumwipfelpfad?«

»Das geht. Bis dann, Herr Sander.«

Die Schreibera rief sofort den Fotografen an. »Ronald, kannst du noch mal mit nach Ebrach raus? Jetzt, sofort?«

»Bin auf einem Termin. Jahrespressekonferenz der Sparkasse. In einer Stunde?«

»Ich hab ein Date mit dem Weihnachtsmann.«

»Ich hol dich in zehn Minuten in der Redaktion ab.«

Als sie am Baumwipfelpfad ankommen, ist das Tor zu. Ein Schild hängt dran. Der Pfad ist witterungsbedingt bis auf Weiteres geschlossen. Aber das Tor lässt sich einfach aufdrücken. Jemand hat das Schloss durchgeflext. Die Schnittstelle ist trotz der Kälte noch warm. Und durch das Tor führen Schlittenspuren. Die Reporterin und der Fotograf folgen ihnen durch den hohen Schnee.

Unter dem Aussichtsturm steht der Weihnachtsmann mit der Kettensäge. Hinter ihm der Pferdeschlitten – mit einem abgemagerten Ochsen davorgespannt. »Wenigstens kein Rentier«, denkt sich die Schreibera. Aber die ganze Szenerie wird deswegen nicht weniger bizarr. »Herr Sander!«, ruft sie schon aus der Entfernung.

»Nur zu, hoho!«, schallt es ihnen entgegen. »Nun kommet schon heran, ihr Kinderlein.«

Zögernd gehen Ronald und die Schreibera durch den hohen Schnee voran.

»Schade, dass Sie nicht allein gekommen sind«, meint Sander zur Schreibera und schaut misstrauisch auf den Fotografen.

»Nun erzählen Sie doch einfach mal«, fordert die Reporterin den Sander-Santa-Claus auf, während Ronald herumgeht, so tut, als würde er den Baumwipfelpfad fotografieren, und immer, wenn er sich unbeobachtet glaubt, auch den Weihnachtsmann ablichtet.

»Ich lebe seit vielen, vielen Jahren, Jahrzehnten im Steigerwald. Hundert Jahre sind's bestimmt schon«, legt der Mann mit dem angeklebten weißen Rauschebart im roten Kostüm tatsächlich los. »Ich bin der Weihnachtsmann. Jahr für Jahr, Weihnachten für Weihnachten bringe ich den Kindern an Heiligabend die Geschenke. Sie müssten nur einmal in diese leuchtenden Augen schauen. Für die, die ans Christkind glauben, bin ich halt der Opa vom Christkind. Auch die sind zufrieden. Hauptsache Geschenke. Und ich war ebenfalls glücklich. Aber dann taucht da dieser Kürbiskönig auf. Hinter einer der Buchen, die noch jung waren, als ich hierherkam, hat er sich versteckt. Er hätte gar keinen so dicken Baum gebraucht, war ja dürr wie ein Skelett. Wenn ich's mir genau überlege, dann war es ein Skelett. So kann man Leute erschrecken. Mit meinem dicken Bauch, dem weichen Bart und den dicken, roten Backen, da geht das nicht. Ich will jetzt auch ein Kürbiskönig sein, einer, der den Leuten so richtig Schrecken einjagt. So war ich nämlich schon im früheren Leben. Kennen Sie die Sage vom Riesenmäher, der gewettet hat, dass er an einem Vormittag den ganzen Steinachgrund mäht? Den Riesen haben sie erst im Nachhinein aus mir gemacht, ich war damals ein eher schmales Hemd. Zwetschgermännla haben die in Nürnberg zu mir gesagt. Aber in Ebrach war ich der Wiesenmäher, hab alles abgemäht. Und als sie gemerkt haben, dass sie die Wette verlieren, haben sie einen Göger gebraten und vergiftet. Den haben sie mir von meiner eigenen Frau servieren lassen. Ich war tot. Es hat lange gedauert, bis ich mich davon erholt habe und Weihnachtsmann wurde.«

»Herr Sander, soll ich Ihnen das wirklich glauben? Und wenn ja, was haben Sie davon? Was habe ich davon?«, unterbricht ihn die Schreibera.

»Sander war ich als Weihnachtsmann. Sie glauben wohl auch, ich bin halt so ein Spinner!? Einer, der in die Klapse gehört. Aber eins sage ich Ihnen: Ein harmloser Spinner bin ich nicht.«

Flink springt er zum Schlitten, legt die Kettensäge hinein und holt eine Peitsche raus. Er schwingt sie, und der Lederriemen schlingt sich um Ronalds Hals. Der war gerade dabei, den Aussichtsturm von unten zu fotografieren, und wird jetzt vom Weihnachtsmann an einen der hölzernen Pfeiler gefesselt. Als die Schreibera eingreifen will, schnappt Sander sich blitzschnell wieder die Kettensäge und hält sie dem Fotografen an den Hals. »Hast du jetzt endlich Angst?«, will er von der Schreibera mit einer plötzlich ganz sanften Bassstimme wissen. »Süßes ... oder Saures?« Er wirft die Kettensäge an.

»Sie vielleicht nicht, aber ich hab Angst, Scheißangst. Reicht das?«, versucht Ronald den Lärm zu übertönen.

Sander achtet jetzt weder auf ihn noch auf die Schreibera. Er fängt an, einen Stützpfeiler des Baumwipfelpfades nach dem anderen zu zersägen. Dann holt er aus dem Schlitten eine Motorflex. Die zieht er durch die Stahlverstärkungen wie ein Messer durch weiche Butter. Trotz der Kälte ist er schweißgebadet. Er rennt von einem der tragenden Pfeiler des Aussichtsturms zum nächsten und zerlegt sie abwechselnd mit der Kettensäge und der Flex. »Ich bin der Riesenmäher«, kreischt er. »Ich hab mit dem Abt um ganz Ebrach gewettet, dass ich die Wiese auf einen Sensenschliff abmähe. Ebrach würde mir gehören ohne diesen vergifteten Göger! Ganz Ebrach!!!«

Die Schreibera, die bisher unter Schockstarre stand, nutzt die Gelegenheit und bindet Ronald los. Der wütende Weihnachtsmann achtet gar nicht mehr auf sie. Beide wissen nicht, ob sie einfach davonrennen oder versuchen sollen, den Berserker zu stoppen. »Ganz Ebrach – und der ganze Wald drumherum!«, schreit Sander und bricht zum Jaulen der Kettensäge und zum Kreischen der Motorflex in ein Triumphgeheul aus. Mit einem lauten Knarren beginnt sich der Aussichtsturm zu neigen. Die trichterförmige Konstruktion bekommt ein Übergewicht und bricht in sich zusammen. Der Ochse rennt mit dem Schlitten hintendran in den Wald hinein. Dicke Holzbalken stürzen herab auf den immer noch blindwütig sägenden Weihnachtsmann. Die Schreibera und Ronald haben sich in sichere Entfernung gebracht. Der Fotograf greift wieder professionell zur Kamera. Unzählige Unfälle, Brände und sonstige Katastrophen hat er so dokumentiert. Aber das hier fühlt sich irgendwie anders an – vor allem am Hals, auf dem noch die Striemen der Ochsenpeitsche zu sehen sind. »Da bin ich jetzt echt mal gespannt, was du für eine Geschichte draus machst«, meint er zur Reporterin. »Ich auch«, sagt die Schreibera.

Helwig Arenz
Die Schulung

An den Überfall erinnere ich mich noch gut, ja. Das war an dem Tag, an dem der Mann von der Aggressionsschulung bei uns in der Filiale war. Es war in der Weihnachtszeit, und Güzel, Kerem und ich hatten Schicht. Und Jenny natürlich, die saß ja an der Kasse an dem Tag.

Warum der Chef uns diese Schulung unbedingt kurz vor Weihnachten reindrücken musste, keine Ahnung. Zumal das ganze Antiaggressionszeug ja eh nichts gebracht hat, wie sich dann herausstellte – siehe Güzels armes Ohr. Aber dazu komme ich gleich.

Ich möchte an der Stelle allerdings klarstellen, dass ich mich überhaupt nicht beklagen will, ganz im Gegenteil! Ich war ein halbes Jahr lang in der Filiale, und ich muss sagen: X-tra! ist ein Superarbeitsplatz: Es ist sauberer und viel weniger asi als beim Neddo. Ich wurde nach der Probezeit übernommen, *obwohl* das mit der Körperverletzung rausgekommen ist, und man kriegt als Mitarbeiter diese Schulungen, wo man echt viel lernt. Eigentlich. Und ich hätte Jenny sonst nicht getroffen. Da weiß ich heute gar nicht, was ich im Leben gemacht hätte, wenn ich die nicht kennengelernt hätte, wie die sich um einen kümmert und mir aus allem raushilft, und überhaupt ist das eine unglaublich tolle Frau. Aber an dem Morgen war sie schlecht gelaunt. Na, mal langsam und der Reihe nach. Jenny rief Güzel, Kerem und mich in den Aufenthaltsraum. Zelle nennen wir den, weil er klein und ungemütlich ist und man das Fenster nicht aufmachen darf (Fluchtweg), da ist eine trübe Folie draufgeklebt, es gibt also keine frische Luft und kein richtiges Licht. Da stand der Schulungsmann in Schlappen und drückte uns allen die Hand. Wir bauten Stühle auf und schwatzten noch ein bisschen, Jenny kochte Kaffee für den Typen und hatte dann keine Tasse mehr.

Wieso wir nicht *die* Tassen hätten, fragte der Schulungsmann und ließ es wie einen Witz klingen, aber er meinte es ernst. Ich verstand das erst nicht, aber Jenny war es peinlich. Das sind nämlich die Tassen, die jede Filiale haben muss, die sind extra von der Firma, also extra von X-tra!, und da stehen die Werte der Firma drauf. Das ist: Respekt, pünktlich, ordentlich und noch was mit z, was ich vergessen habe. Dass die hier sein müssten, damit wir das immer wieder vor Augen hätten, weil wir Mitarbeiter danach beurteilt würden, hat er gesagt. Mir war das egal, meine Tasse war von daheim, und es stand drauf: »Der frühe Vogel kann mich mal«. Aber Jenny nicht. Die war ja gerade erst stellvertretende Filialleitung geworden und wollte alles richtig machen. Der Schulungsmensch war ja nicht scheiße, der sagte das mit so einem Lächeln, aber man merkte, dass er das nur aus Berechnung machte, weil er wusste, dass es nett besser ankommt. Dann war da noch das Problem mit dem Schild. Das Schild auf der Toilette fehlt auch, mahnte der Schlappenmann an, und schon waren wir mittendrin in der Sitzung. Was bedeutet das CRAAB-Schild?, sollten wir ihm beantworten. Von so was hatte ich noch nie was gehört, aber Jenny wär am liebsten mitsamt ihrem Stuhl im Boden versunken, so peinlich war ihr das, dass das Schild fehlte und dass wir das gar nicht kannten. »CRA-AB« schrieb er auf ein Flipchart, das er aufgebaut hatte, und sah uns erwartungsvoll an.

Was macht ihr bei einem Überfall?, wollte er wissen. Wir kramten in unseren dunklen Erinnerungen von der Onlineschulung. Geld rausgeben, glaub ich, meldete ich mich zu Wort. Nicht den Helden spielen, sagte Güzel (gerade Güzel, die immer sofort dazwischengeht, wenn schwierige Kunden kommen!). Cool bleiben, meinte Jenny. Nicht den Dieb nachrennen, riet Kerem in gebrochenem Deutsch. Der Mann von der Schulung nickte. Alles richtig, sagte er. CRAAB steht für Cool bleiben, Rausgeben des Geforderten, Alarm auslösen. Und das B?, wollte er jetzt wissen. Es gab eine Pause, bis Kerem sich an die Stirn schlug und ausrief: Klar – Bolizei rufen. Wir lachten. Nur Güzel nicht, die hatte keine Ahnung, wie man Polizei schreibt.

Der Schulungsmann wurde mit der Zeit auch ein bisschen lockerer und erklärte uns ein paar hilfreiche Sachen, wie man in schwierigen Situationen ruhig bleibt. Du lässt den anderen gar nicht so nah an dich rankommen, setzte er Jenny engagiert auseinander. Die Arme vor den Körper und jetzt mit fester Stimme: Kommen Sie bitte nicht so nah, ich will das nicht!

Solche Sachen sollten wir machen. Damit hatte aber keiner von uns ein Problem, weil wir das eh gewohnt waren. Die Leute, die hier einkauften, waren einfach irre, und wir mussten ständig mit so was umgehen.

Als der Schulungsmann merkte, dass er uns da nichts beibringen musste, konzentrierte er sich auf Kerem. Kerem ist klein und schmächtig und sieht aus wie fünfzehn. Da dachte der Schlappenmann, dass er dem helfen könne. Aber Kerem hat stählerne Nerven. Der steht einfach da und sagt Ja oder Nein oder Raus. Ganz entspannt und mit seiner tiefen Stimme.

Also gab der Schulungsmann auf und machte Pause. Wir gingen rauchen, und er fragte uns: Was nervt euch eigentlich typischerweise am Kunden? Er wollte wohl seine Strategie ändern und sein Programm anpassen. Güzel nahm einen Schluck von dem neuen X-tra!-Kokos-milch-Drink, schüttelte angewidert den Kopf, dass ihre Kreolenohrringe schlackerten, und bot ihn dem Schlappenmann an. Der lehnte aber ab. Sie stellte das Zeug weg und rief: Ey, da war eine Kundin neulich, wo mir ins Regal gespuckt hat! Wir nickten. Wir erinnerten uns an die Frau. Aber dem Schulungstypen mussten wir erst mal erklären, dass Spucken Speien heißt, das wusste der nämlich nicht, war ein Hochdeutscher. Und die Mutter mit dem Kind, das hinter den Wühltisch geseucht hat, bäh!, stöhnte Jenny. Und ... und ... und, gingen die Geschichten weiter.

Das hier ist ja eh noch eine Puppenstube, versteht mich nicht falsch, meinte der Schulungstyp irgendwann, aber geht mal in den Pott! Da geht es anders zu. Ich stech dich ab!, Ich bring dich um!, so begrüßen die sich da morgens. Er lachte.

Als ich noch bei Neddo war, gab ich zum Besten, hat mich eine Kundin mal mit Wurst beworfen. Die Wurst war verschimmelt, und wir haben sie nicht umgetauscht. Ihr Vater sei davon krank geworden, hatte mich die Frau angeschrien und dann die Packung nach mir geworfen.

Aber wenn wir hier mal wirklich überfallen werden, schnitt Güzel das Thema noch mal an.

Wer hier reinkommt und was haben will, ist kein Profi, sagte der Schulungsmann ruhig. Der hat nicht recherchiert, hier wird immer abgeschöpft, hier ist nichts zu holen. Das kann nur ein Vollpfosten sein. Für sechzig

Euro fünf Jahre Knast? Gebt dem sein Geld und lasst ihn gehen.

Ja, das hat er gesagt. Und zwei Stunden später kam der Vollpfosten. Und abgeschöpft hatten wir nicht, denn für so was hat keiner von uns Zeit an einem Samstag im Advent und vorne dran noch ne Fünfstundenschulung – wie soll denn das gehen? Da war also massig Geld in der Kasse, die Jenny auf- und zuspringen ließ. Ich spiegelte vorne die Regale (das heißt Produkte nachfüllen) und guckte Jenny beim Kassieren zu. Sogar in dem kalten Scheißlicht sah die noch gut aus. Und sie blieb immer ruhig, egal wie viel los war und wie unhöflich die Leute waren. Wie soll man bloß seine Vorgesetzte ansprechen, überlegte ich und dachte mir dann, dass man darüber mal ne Schulung machen könnte.

Der Mann vom Aggressionstraining war immer noch da. Er hatte sein Flipchart abgebaut und unsere Zertifikate gestempelt, und jetzt holte er sich noch ein bisschen Fahrtproviant im Laden. Was der wohl für schlaue Sachen zu meinem Problem zu sagen hätte? Wie ein Nachtgiecher sah der nicht gerade aus.

Als ich aufsah, war schon alles mitten im Gange. Der Typ stand bei Jenny und hatte ein Messer in der Hand, das hielt er hoch. Jenny hatte ihre Hände dicht am Körper und zitterte. Oh Gott, oh Gott, rief sie. Aber sie machte nichts. Jetzt merkten auch Güzel, Kerem und der Schulungsmann, was da los war. Im Laden aber gingen immer noch Leute rum, die nichts gecheckt hatten. Mütter mit Kindern, Jugendliche, Alte, alles!

Kasse auf!, schrie der Typ. Jenny werkelte mit zitternden Händen an der Kasse rum. Jetzt mach ihm doch die Kasse auf!, rief ich innerlich.

Ein Opa, der nichts gemerkt hatte, guckte sich um, wo am wenigsten anstanden, und wackelte genau zu den beiden hin! Da war ja keiner mehr, logisch. CRAAB!, CRAAB!, schrie es heiser und unterdrückt aus dem Laden. Ich sah mich um. Das war der Mann von der Schulung, der aufgeregt hin und her tippelte, dann wieder verschwand und plötzlich woanders auftauchte.

Kasse auf! CRAAB! Kasse auf!, rief es um mich herum und: Oh Gott! Jenny war so bleich, sie hielt die Hände hochgestreckt, als der Räuber in die Geldschublade griff. Scheiße, dachte ich, so schockiert hatte ich sie noch nie gesehen. CRAAB!, krächzte der Schulungsmann wieder wie ein hagerer, schwarzer Vogel und bewegte wild die Arme in irgendwelchen unverständlichen Gesten, als flatterte er mit den Flügeln. CRAAB – das war es! Aber was hieß das noch mal? Ich bekam es nicht mehr zusammen. C? Ach, ja, Cool bleiben. Ich atmete tief durch, so wie der Mann es uns vorhin gezeigt hatte. Aber ich bekam kaum Luft.

Jetzt die anderen Kassen, los!, schrie dieses Arschloch Jenny an und fuhr ihr in die Haare.

Das geht nicht!, wimmerte Jenny. Los! Er packte sie und schleifte sie zu Kasse zwei. Was sinnlos war, weil es stimmte. Jenny konnte die nicht öffnen, wenn sie nicht angemeldet war. CRAAB!, krächzte es hinter mir, und auf einmal war alles wieder da. Ich sah alles wie in Zeitlupe. Güzel, die geschäftig zu Kasse zwei eilte, um Jenny zu helfen. Den Aggressionsmann, der die Hände vors Gesicht schlug und Nein! rief. Kerem, dem empört der Mund offenstand, weil der Opa einfach mit seinem Zeug durch die ausgeraubte Kasse ging. Und den Täter, der mir den Rücken zuwandte. Alles war wieder da. Cool bleiben!

Ranschleichen! Anspringen! Ausschalten! Der Polizei übergeben! Das war es. Ich näherte mich Kasse zwei.

Kerem eilte – immer noch mit offenem Mund – dem Alten nach, der die Waren seelenruhig in seinem Rollator verstaute. Güzel ging mit vorgestreckten Händen auf den Typen mit dem Messer zu, redete ruhig auf ihn ein und zeigte ihm ihren Schlüssel, der Schlappenmann kam hinter mir her und griff mich am T-Shirt. Der Typ mit dem Messer wurde immer nervöser. Er wollte Güzel wegschubsen, verhedderte sich aber mit dem Ärmel in ihrem Ohrring. Sie schrie auf, griff sich an den Kopf und ging in die Knie, Jenny kreischte und schlug die Hände vor den Mund, der Täter bückte sich und brüllte auf sie ein. Sie hantierte aus ihrer Position hektisch an Kasse zwei herum. Die kann nicht aufgehen!, schrie ich. CRA-AB, krächzte es hinter mir. Haltet den Dieb, tönte Kerems Bass durch den Laden. Fick dich!, schrie das Arschloch und schlug Jenny ins Gesicht. Und sie schrie einfach nur noch wie am Spieß. Und dann kam ich. CRAAB!, brüllte ich, griff mir eine künstliche Weihnachtsfichte und griff an. CRAAB!

Der Mann sah auf und streckte mir das Messer entgegen. Aber das hielt mich nicht mehr auf. Rechts und links und mitten auf den Deetz schlug ich ihm die Fichte. Er wich zurück, aber Güzel griff todesmutig nach dem Beutel, in dem das Geld war, und hielt ihn fest. Loslassen!, schrie der Mann und wollte nach Güzel treten, aber ich war schneller, versetzte ihm einen Tritt. Er ließ das Geld los, drehte sich um und wollte wegrennen. Er krachte direkt in den Rollator des alten Mannes. Und in Kerem. Kerem trat ihm auf die Hand, in der er das Messer umklammert hielt. Dann waren Kerem, ich und Güzel schon über ihm.

Holt Kabelbinder!, rief Kerem, letzter Gang rechts!

Die schwarzen, teuren, brüllte ich, die weißen taugen nichts!

Und Verbandszeug!, ergänzte Güzel und fuchtelte mit ihrer blutigen Hand in der Luft herum. Wühltisch beim Autozeug, rechts neben Scheibenenteiser!

Ich drückte dem Arschloch mein Knie ein bisschen fester ins Kreuz und sah mich um. Einige Kunden schlurften immer noch unbeeindruckt und gleichgültig zwischen den Regalen hindurch.

Der Mann von der Aggressionsschulung saß zusammengesunken auf einem der Verkaufstische und sah irgendwie abwesend und traurig aus. Und wo war Jenny? Unvorstellbar! Sie saß an Kasse eins und kassierte schon wieder. Mit stumpfem Blick hockte sie da, ihre Bewegungen waren fahriger als sonst, und ihr Lächeln wirkte etwas angestrengt, aber sie kassierte.

Ich wollte eben aufstehen, als ein Mann sich an uns vorbeischieben wollte. Er drängelte sich an dem umgestürzten Rollator vorbei, stieg über die Beine des Arschlochs, das sich nicht mehr rührte, und bemerkte in dem Augenblick, dass ich eine X-tra!-Weste trug. Sofort wandte er sich in nölendem Ton an mich: Ich finde die Pappteller aus der Werbung nicht, die mit dem Darth-Vader-Weihnachtsmann drauf.

In diesem Augenblick wusste ich, dass sich nichts verändert hatte, dass die Welt einfach so weitergehen würde wie bisher, besonders unsere kleine X-tra!-Welt. So als wäre nichts geschehen.

Ich stand auf, klopfte mir ein bisschen Matsch von den Knien und erklärte so ruhig ich konnte: Natürlich können Sie sie nicht finden. Sie haben ja noch gar nicht gesucht. Viel Spaß dabei.

Ich ließ ihn stehen und ging zu Jenny.

Geht schon, sagte sie gehetzt und blickte kaum zu mir auf. Schnell zog sie Artikel für Artikel über den Scanner. Der Sandalenmann hat gesagt, man soll nach einem Überfall nicht weiterarbeiten, Jenny, redete ich beruhigend auf sie ein. Weil man einen Schock hat dann. Lass es. Geh hinter und leg dich hin! Aber sie beachtete mich kaum. Zwei neunundneunzig, beantwortete sie die Frage einer Kundin mechanisch.

Was, die eine Gurke? So viel?, antwortete die Frau verdutzt. Ja, nickte ich der Kundin zerstreut zu, das ist Saisongemüse. Ganz normal. Jenny!, rief ich leise, komm, hinlegen, komm jetzt.

Der Sandalenmann hat hier gar nichts zu sagen, schon gar nicht, wann ich mich hinlege und wann nicht. Ich bin die stellvertretende Filialleitung! Wo ist dieser Typ überhaupt? Wir vergaßen für einen Moment die in nicht enden wollendem Strom nachdrängenden Kunden und sahen uns suchend um. Ach ja, da ist er ja, nickte Jenny, stand auf und kippte in meine Arme.

Was ich eigentlich ganz schön fand. Gefunden hätte. Wenn ich nicht im selben Augenblick gesehen hätte, was der schwarze CRAAB-Vogel von Sandalenmann gerade machte. Es war unfassbar. Er war nach vorne getreten, redete leise auf Kerem ein und half währenddessen diesem gefesselten Arschloch auf die Beine. Der grinste unverschämt und streckte dem Sandalenmann die gefesselten Hände entgegen. Und was machte der? Er schnitt die Kabelbinder durch! Mit einem Cutter aus unserer Worktool-Abteilung, vier dreißig!

Und, wie war ich?, fragte der Täter außer Atem und wischte sich das Blut von der Lippe. Der Sandalenmann schüttelte resignierend den Kopf.

Neiiiin!, schrie ich, Jenny im Arm, und kämpfte mich durch die Masse der unzufriedenen Kunden. Neiiiin!

Ich brauchte natürlich auch eine Weile, ehe ich alles verstanden hatte. Denn was ich da noch nicht ahnte, ich war auch im Schock.

Es sei sein erster Auftrag gewesen, hatte der etwas geschundene Täter kleinlaut gesagt, sich bei Güzel und Jenny entschuldigt und einen großen Schluck aus meiner Frühe-Vogel-Tasse genommen.

Sie hätten nicht mit so viel Gegenwehr und Zivilcourage gerechnet, erklärte der Mann von der Schulung etwas säuerlich. Dann stellte er uns seinen verdeckten Mitarbeiter vor: Das ist Ingo. Mein Partner und Schulungsschauspieler für den heutigen Tag. Ingo grinste schief und zuckte mit den Schultern. Ein Schulungsschauspieler. Ein gefakter Überfall! Wir konnten nur noch lachen. Das war es also. Alles war nur ein Fake gewesen. Alle Achtung, X-tra!, das war eine Schulung, die keiner von uns je vergessen würde.

Und ich hatte mich geirrt, es würde nicht so weitergehen wie bisher, nein, ganz und gar nicht: Ich würde nie mehr einfach so glauben, was ich sehe. Ich würde cool bleiben. Viel mehr als bisher. Und ich würde – und das war das Schönste – Jenny nach Hause bringen. Darum hatte sie mich nämlich gebeten, als sie in meinen Armen die Augen aufschlug: Lass mich nicht mehr los, hatte sie gesagt. Bring mich nach Hause. Bitte. Ich nickte. Und, fügte sie eher bestimmt als bittend hinzu, du übernimmst morgen meine Schicht.

Matthias Kröner
Wenn

Wenn es an diesem Abend nicht so glatt gewesen wäre, hätte ich den Umweg über die Autobahn nicht genommen. Dann wären mir diese ganzen Sachen nicht widerfahren, die man nie, aber am wenigsten am 24. Dezember brauchen kann.

Es ist ja nicht so, dass ich keine Kinder hätte! Sie haben auf mich gewartet, weil Simone noch ein Meeting in der Agentur hatte, das unbedingt vor den Feiertagen abgehalten sein musste. Es stimmt schon, was man in den Magazinen beim Zahnarzt liest. Familie und Karriere sind nicht zu vereinen.

Auf der Autobahn ging es im Schneckentempo voran. Der Schnee senkte sich auf den Asphalt. Er fiel so dicht, dass ich das Fahrzeug vor mir, einen Volvo, nur vage sehen konnte. Wir schoben uns mit zwanzig Stundenkilometern durch eine Eiswüste. Wenn ich bremste, merkte ich, wie schockgefroren der Belag unter den Reifen war. Die Scheinwerfer tauchten die Fahrbahn in ein künstliches Licht. Wie eine seltsam geschuppte Schlange, dachte ich, wenn ich mir den Frankenschnellweg von oben vorstellte.

Ich suchte im Rucksack nach meinem Handy. Dabei bemerkte ich hinter mir eine Streife. Der Scheibenwischer der Rückscheibe erlaubte mir diesen Augenblick, bevor die Schneemassen wieder dichter wurden.

Schnell blickte ich durch die Windschutzscheibe nach vorne. Ich konnte nur schwer erkennen, was der Mann –

ich glaube, es war ein Mann – da machte. Steckte er sich eine Kippe an? Irgendetwas veranstaltete er mit seinen Armen. So oft stellt niemand den Radiosender um, dachte ich. Dann wieder die graue Wand, die einen umschloss und einschloss. Sie erinnerte mich an den Nachmittag, an dem ich beim Drachenfliegen in eine Wolke driftete. Unwetterwarnung damals, doch ich wollte es wissen, weil ich gerade mit Simone zusammengekommen war und mich und das Leben feierte. Es war dunkel und weiß, viel weißer als jetzt, und ich dachte: So sieht es also aus, wenn du stirbst.

Wir schoben uns langsam weiter. Die digitale Anzeige neben dem Kilometerzähler machte mich fertig. Eigentlich müsste es jetzt mit der Bescherung losgehen, dachte ich. Doch ich traute mich nicht, Lukas und Jannik anzurufen, wegen der Streife, die hinter mir herfuhr. Vor zwei Wochen hatte ich meinen Führerschein auf Widerruf endlich zurückbekommen. Der Ausstand eines Abteilungsleiters der Informatiker war schuld gewesen, letzten Sommer, als ich mich für mehr oder weniger unbesiegbar hielt ... Vier Cocktails hatten mich ausgeknockt, und die Beamten, die mir auf der Wache sogar Blut abnahmen. Diese Arschlöcher, dachte ich, als der Scheibenwischer wieder die Sicht freigab. Vermutlich sahen sie mich nicht. Falls doch, wäre es sicher möglich, dass sie mich rausziehen, selbst bei dem Schneegestöber.

Ich blinkte und nahm die nächste Ausfahrt auf einen Parkplatz. Keiner bekam es mit. Ich fluchte halblaut und stellte mich zwischen zwei Lastwagen – kein Netz ... Es ist so lächerlich, wie hier in Deutschland das Mobilfunknetz zusammenbricht, wenn es mal etwas extremer schneit. Wären wir in Indien, käme ich damit klar, aber wir befinden uns auf einer Hauptverkehrsader, die von Siemens-Pendlern wie mir genutzt wird.

Ich drückte die Tasten. Ich mochte es nie, wenn ich zu spät komme. Ich kann es auf den Tod nicht ausstehen. Ich habe diesen Perfektionismus in mir, der mir vorschreibt, zur Bescherung daheim zu sein oder zumindest abzusagen.

Für einen Moment dachte ich: Reihe dich wieder ein! Fahre zurück auf die A 73! Du kannst hier ohnehin nichts verrichten. Ich musste an einen Zeitungsartikel denken, den ich vor Jahren gelesen hatte. Er handelte von einem ICE-Fahrer, der auf offener Strecke stehen geblieben war, den Zug verließ und durch die Wälder streifte. Später meinte er, er wollte sich endlich einmal die Landschaft ansehen.

Ich stieg aus und lief über den schneeverwehten Parkplatz bis zur Waldgrenze, wo meistens die Leute hinpinkeln; der Schnee überdeckte alle Gerüche. Ich drückte wie wild auf dem Handy herum, veränderte meine Position, nichts half. Der Schnee hatte die Macht übernommen und mich zu einer Marionette der Wetterkapriolen gemacht, die auf gut Glück zwei Meter nach links oder rechts gehen konnte. Ich hielt das Handy in die Höhe und an den Schnee und beschloss, wieder in den Wagen zu steigen, als ich – ganz kurz – Netz hatte.

»Lukas«, rief ich, »kannst du mich ...?« Unterbrechung. »Papa, wir haben ...« Störgeräusche. »... Angst, Papa.«

Vermutlich hätte ich bereits Netz, dachte ich, wäre ich im Auto geblieben. Ich würde mich Meter für Meter weiterschieben. Wahrscheinlich hätte es die Streife hinter mir nicht bemerkt: mein Telefonat, das verboten gewesen wäre, trotz der Witterung, trotz Weihnachten.

»Lukas, ich bin bald ...«

Der Siebenjährige weinte, dann brach die Verbindung ab. Das war der Moment, in dem ich in den Wald hineinging, eine vage, unbegründete Vermutung, dass es dort mit dem Netz besser klappt.

Später, Monate später, dachte ich, ich wollte einfach ein wenig Erde unter den Füßen spüren. Ich versuchte wieder und wieder anzurufen, doch mein Signal drang nicht durch. Der Schnee sorgte dafür, dass die Nummer, sobald ich sie wählte, vom Display verschwand. Die Bäume ächzten unter den Schneemassen, und die Flocken hörten nicht auf zu fallen. Sogar durch die Bäume hindurch sah ich sie, Flocken, die sich durch die wenigen Lücken in den Kronen hindurchstahlen und niedersanken. Ich sah ihnen nach, diesen vereinzelt durchgekommenen Schneeflocken, als ich Schüsse hörte. Ich drehte mich schnell herum. Ein Jäger, dachte ich, oder ein Wilderer, der seine Frau oder ein Kind verloren hat und am Heiligen Abend auf Tiere schießt.

Ich duckte mich und begriff sehr langsam, was um mich herum geschah. Die Äste brachen unter dem vielen Schnee. Ich konnte sie nicht sehen, aber hören.

Ich muss raus hier, dachte ich, raus zur Parkbucht ins Auto und endlich heim. Da kam mir die Idee, die ich vorher auch hätte haben können, lang vor dem Telefonat mit Lukas, als ich noch nicht auf die Autobahn gebogen war, doch schon hätte voraussehen können, dass ich nicht rechtzeitig daheim sein konnte: Simone. Daran sieht man, wie sehr man immer vernagelt ist. »Meeting« hat so was Heiliges, zumindest dann, wenn du bei Siemens arbeitest. Da darf man nicht stören, das ist wichtig für den Fortbestand des Unternehmens. Wer ein Meeting unterbricht, begeht eine Straftat. Es ist so, als würde man die Monstranz während einer Fronleichnamsprozession entwenden. – Immerhin, die eigenen Kinder gehen dann doch noch vor. Wie gesagt, Familie und Karriere sind unvereinbar.

Ich kämpfte mich an den überfüllten Abfalleimern vorbei, die so schneebedeckt fast etwas Zärtliches hatten, und tippte Simones Nummer. Ein Tuten. Dann bemerkte ich dieses Auto, ein Golf möglicherweise oder ein Polo. Es stand vor dem vorderen der zwei Laster, und ich sah, wie etwas auf den Armaturen durch die Scheibe leuchtete. Ich bekam es nur im Augenwinkel durch eine kleine Lücke mit, an der sich der Schnee nicht halten konnte. – Das ist die Sache, die ich meine, wenn ich von »Wenn« spreche. Wenn es nicht so geschneit hätte, wenn sie mir den Schein nicht gezogen hätten, wenn ich vorher schon Netz bekommen hätte, wenn die herunterbrechenden Äste nicht gewesen wären, wenn ich Simones Nummer nicht gewählt hätte, während ich hier stand, hier, neben dem Steintisch, der nahe den Abfalleimern wie ein kleiner Altar aussah, hätte ich nicht ihr Handy gesehen, wie es leuchtete und sich abmühte. Dann hätte ich nicht die Tür aufgerissen und den Typen von der Rückbank aus seiner Gebrauchtkarre in den Schnee gezogen.

»Packst du's noch?!«, blaffte ich meine Frau an. »Hast du sie nicht mehr alle?! Ich versuche ständig, Lukas und Jannik anzurufen.«

Ich war so außer mir, dass ich für einen Moment von oben auf mich herabsah. Simone blickte mich an, als hätte ich ihr eine tödliche Diagnose anvertraut, einen geheimen Befund, den der Arzt nur mir gesagt hatte.

»Wie kommst du hierher?« Sie schüttelte den Kopf. »Du fährst immer anders ... Wieso?«

Noch während wir uns ansahen, als würden wir uns erst jetzt wirklich kennenlernen, dachte ich, dass wir die Situation in den Griff hätten kriegen können. Da meldete sich der Typ aus dem Schnee heraus zu Wort.

Er klopfte sich ab und stellte sich vor mir hin. »Ich hätte einen Vorschlag zu machen.« Dabei grinste er, vermutlich weil kein anderes Gesicht zu dieser Lage passte.

»Verpiss dich, du Pisser!«

Auch jetzt hätte es einen Ausstieg gegeben, doch der Pisser verpisste sich nicht.

»Lass ihn!«, sagte Simone. »Er hat damit nichts ...«

»Du machst mir doch ständig Stress mit deiner Eifersucht. Du wirfst mir doch dauernd vor, dass ich mit anderen Frauen schlafen würde. Du hast doch den Knall von uns!«

Simone unterbrach mich. »Weil ich mir vorstellen kann, dass man fremdgeht.« Sie richtete ihren Rock, den sie bei der Kälte über einer langen Jeans trug, und sah dabei sehr vernünftig aus.

Wieder meldete sich der Typ. Er ist jünger als sie, dachte ich, genau der Typ, der bei Siemens Karriere macht.

»Ich möchte nicht, dass Sie so mit Ihrer Frau reden.«

Ich brauchte ungefähr zwei Sekunden, um mir die Situation klar zu machen. Der viele, viele Schnee, meine Frau, die sich in einem Kleinwagen durch die Gegend vögelte, meine Kinder, die Angst hatten und zu Hause aufs Christkind warteten. – Ich holte aus und traf ihn mit meinem Handy, das ich immer noch in der Hand hielt. Er schlug mit dem Kopf auf eine scharfe Kante des Abfallkübels.

Der Typ lag am Boden und zuckte und zuckte. Meine Frau krabbelte aus dem Auto. Ich beugte mich über den Mann.

Mir kam die Amsel in den Sinn, die wir vor Jahren auf unserem Balkon in Gostenhof hatten sterben sehen. Sie flog mit Karacho gegen die Scheibe, tropfte auf die Hölzer, die wir da ausgelegt hatten, verdrehte die Augen und starb.

»Spinnst du, bist du komplett verrückt?!« Simone schubste mich gegen den Steintisch. »Du begreifst nichts, gar nichts.«

Sie schüttelte mich, ohrfeigte mich. Dann schrie sie den Typen an und verabreichte ihm eine Herzmassage. Simone erinnerte mich an eine dieser indischen Göttinnen mit den acht Armen. Sie hob immer wieder den ihr am nächsten liegenden Arm des Mannes, hielt ihn in die Höhe, er fiel herunter. Ich meinte, es würde ewig so weitergehen, doch Simone hörte abrupt auf und drehte den Kopf zu mir. »Was machen wir jetzt?«

»Unsere Kinder warten«, antwortete ich.

»Wir können doch nicht einfach ... Vielleicht lebt er noch, wir müssen zumindest ...«

»Willst du, dass ich wegen dir eingesperrt werde?« Ich hörte mich reden, doch ich sprach nicht laut. »Wegen dir, weil du es nicht aushältst, nur mit einem Mann zu schlafen ...«

Simone sah mich an, durch den Schnee hindurch, und ich bemerkte wieder, wie schön sie war. Keine der Standardschönheiten, die ich nie hatte leiden können. Es musste neben ihrem Gesicht und ihrer Figur noch etwas anderes sein, das mich immer wieder in sie verliebt machte.

»Du wolltest doch längst daheim sein«, sagte sie. »Es war ausgemacht, dass du ...«

Ich fragte mich, ob die Stimme zu ihr gehörte, ob das, was sie sagte, ihre Worte waren. Hätte ich ihr einen Vorwurf machen oder vom Meeting oder der Verletzung der Aufsichtspflicht oder etwas ähnlich Albernem anfangen sollen? Ich zeigte auf die Autobahn, die man nur weit, sehr weit entfernt wie durch einen Spiralnebel sehen konnte.

Simone stand da, als wollte sie mit dem Asphalt verwurzeln. »Wir müssen sein Auto loswerden«, sagte sie. »Und Falk.«

»Falk«, antwortete ich, »okay.«

Vielleicht weil die Zeit anders tickt, wenn man in solche Situationen hineingerät, vielleicht weil man sich selbst herausschneidet aus dem, was man Alltag nennt, sah ich erst jetzt diesen zweiten Mann. Er gehörte zu einem der beiden Sattelschlepper.

»Braucht ihr Hilfe?«

Simone schaltete schnell. »Er ist ausgerutscht«, sagte sie. »So was hab ich noch nie erlebt. Er ist ein Freund von uns.«

Der Lastwagenfahrer beugte sich hinunter und suchte nach Falks Puls.

»Mmh«, sagte er, »weiß nicht.« Er wollte einen Krankenwagen anrufen, doch wieder schlug die Verbindung fehl.

»Wir nehmen ihn mit«, sagte ich. »Würden Sie bitte ...?« Ich nickte zu Falk, der vor uns im Schnee lag.

Es war ein seltsamer Totentransport, den ich da chauffierte. Der Schnee flockte immer noch dicht zur Erde.

Falk schlenkerte auf der Rückbank von einer Seite zur anderen. Ich griff nach hinten, schnallte ihn ab und rollte ihn – wir fuhren immer noch ziemlich langsam – in den Fußraum.

Simone blieb dicht hinter mir. Jetzt, dachte ich, könnte ich sogar telefonieren. Ich lachte ein wenig zu laut und schaute aufs Handy, kein Netz. Schließlich machte ich ein Zeichen im Rückspiegel, dass alles in Ordnung sei.

Erst fuhren wir dreißig, dann vierzig, dann siebzig. Nach der Ausfahrt sah ich die ersten Räumfahrzeuge. Sie schipperten mit ihren insektenartigen Maschinen über die großen Zufahrtswege und blinkten und streuten Salz.

Wir stellten Falks Wagen in die Garage, die wir gemietet hatten, und stiegen die Treppenstufen des Altbaus nach oben.

Ich hatte das Gefühl zu schlafen, während uns Lukas und Jannik angsterfüllt und wütend die Türe aufmachten. Ich schlief während der Bescherung und des Kartoffelsalats und der Würstchen hinterher. Ich hatte die Augen auf, doch ich bekam nichts mit, während wir einen *Shrek*-Film schauten und die Kinder danach ins Bett brachten.

Auch Simone wirkte in manchen Momenten abwesend. Als hätte sie ein starker Magnet aus sich herausgezogen, als wäre sie implodiert. Wenn die Kinder was fragten, war sie sofort wieder in der Gegenwart.

In der Küche nach einem letzten und einem allerletzten Gutenachtlied konnte ich mich nicht mehr zusammenreißen. Ich bin nicht mehr Teil dieser Gesellschaft, dachte ich.

Ich holte aus dem Kühlschrank die große Martiniflasche und setzte sie an die Lippen. Lukas erwischte mich, doch er schien nichts zu sehen.

»Papa«, sagte er, »ihr wart heute weg.«

Ich ging vor ihm in die Hocke. »Der Schnee«, sagte ich. »Die Straßen waren total verstopft. Ich hatte kein Netz. Ich konnte nicht anrufen, und als ich durchkam, habe ich dich nicht verstanden.«

Ich sah ihn an mit meinem wahnsinnigen, vom Martini etwas heruntergedimmten Blick.

»Seid ihr heute Nacht weg?«

»Nein«, antwortete ich, »geh jetzt schlafen.« Wundersamerweise machte er, was ich von ihm verlangte.

Ich kippte die halbe Flasche in mich hinein.

Simone saß im Esszimmer am Tisch. Sie hatte einen Zettel vor sich, auf dem sie eine Pro-und-Kontra-Liste führte. Das letzte Mal hatte ich sie mit einer solchen Liste gesehen, bevor wir uns für eine Wohnung entschieden und diese gekauft hatten: mitten im einstigen Glasscherbenviertel, wo es sich nur noch Leute wie wir leisten können.

»Wir haben sein Handy«, sagte ich. »Wir haben sein Auto. Es wäre Irrsinn, die Polizei zu rufen.«

»Er lebt allein.« Simone wandte sich ab. Meine Fahne. Vielleicht auch der Ausdruck meiner Augen, dachte ich.

»Du hast ihn geliebt, oder?«

»Ich habe mit ihm geschlafen. Das ist ein Unterschied.«

»Ha, diesen Unterschied versuche ich dir ständig zu erklären.« Dir und deiner Eifersucht wollte ich noch hinzufügen. Manchmal kam mir die Eifersucht wie ein eigenes Wesen vor, das außerhalb ihres Körpers lebte. Ein kleiner Teufel, der hinter Simones Kopf hervorlugte und nur auf den ersten Blick lustig war.

»Also hast du was mit anderen?«

»Wir haben alle was mit anderen«, antwortete ich.

Simone sah mich an mit ihren großen Augen, Scheinwerferaugen. Sie beugte sich wieder über die Liste.

»Warum regt es uns dann so auf?«

Darauf wusste ich keine Antwort. Ich wusste nur, wir mussten das Auto, Falk und sein Handy loswerden. Zumal es um Lukas und Jannik ging. Sie sollen keine Angst haben, dachte ich, nie mehr, während der Schnee vor den Fenstern leiser wurde.

»Er bleibt eh nicht liegen«, sagte Simone.

Christian Klier
Leise rieselt der Schnee

> Damit sich alles erfüllt,
> damit ich mich weniger allein fühle,
> brauche ich nur noch eines zu wünschen:
> am Tag meiner Hinrichtung viele Zuschauer,
> die mich mit Schreien des Hasses empfangen.
> Albert Camus, *Der Fremde*

> Eine Befreiung, eine Pracht,
> Sanfter als die tiefste Nacht,
> Die ab jetzt für immer bleibt
> Und ihre eigenen Lieder schreibt.
> Tocotronic, *Mein Ruin*

Wenn du ein Kind bist, dann weißt du genau: Dies ist gut und jenes ist böse. Diese Intuition, diese ureigenste Gewissheit, sie kommt uns unmerklich abhanden im Laufe des Lebens. Zumindest erklären wir uns das so. Ich glaube, dass wir uns an einem bestimmten Punkt ganz bewusst dafür entscheiden, nicht mehr das Gute sein und tun zu wollen. Wenigstens war das bei mir so. Und seit ich diesen Punkt überschritten habe, driftet alles auseinander. Das Leben, so wie es war, existiert nicht mehr. Es herrschen Chaos und Zerfall. Und wenn ich es recht bedenke, war das alles eigentlich schon vorher klar. Denn es war längst da: In dieser Melodie, die in uns spielt vom Anbeginn unseres Seins. Wir wollen sie nur nicht hören.

Aber der Reihe nach. Es fing damit an, dass ich mich übernahm. Ich lebte mit meiner blonden Frau Stephanie und meinen drei blonden Kindern Elia, Toni und Leonie in einer engen Mietswohnung in der Kreisstadt. Als Berufsschullehrer an einer Altenpflegeschule verdient man zwar nicht unbedingt schlecht, aber um wirklich große Sprünge zu machen, reicht es nicht.

Und dann war dieses alte Fachwerkhaus, fernab der Stadt, verlassen und morsch in einem Waldstück. Stephanie hatte es entdeckt und sich sofort in das Anwesen verliebt. Das genügte, um in mir meinen angeborenen Instinkt als Beschützer und Versorger der Familie zu wecken. Als Staatsdiener war es kein Problem für mich, einen Kredit für das Haus zu bekommen. Mir war durchaus klar, dass viel, ja sehr viel an dem Haus zu machen war, bevor man dort einziehen konnte. Da ich aber vor meinem Lehramtsstudium auch einmal eine Lehre als Schreiner angefangen hatte, stellte sich das für mich nicht als Problem dar. Ich wollte den Großteil der Renovierungsarbeiten selbst ausführen. Und wenn mein Job als Lehrer darunter leiden sollte, egal: Ich war verbeamtet, ich war unkündbar. Was sollte mir schon passieren? Heute weiß ich, dass diese Entscheidung, dieses Ich-liebe-meine-Familie-und-werde-alles-für-sie-tun, der erste Schritt in den Untergang war. Hätten wir doch nur unser kleines, bescheidenes Leben weitergeführt.

Unsere Gesellschaft postuliert zwar Bescheidenheit, aber wenn du ein bescheidenes Leben führst, dann giltst du oft als Verlierer. Und ein Verlierer, das wollte ich nie sein. Nachdem ich für Stephanie und die Kinder das Haus im Wald gekauft hatte, verbrachte ich jede freie Minute dort. Und natürlich litt meine Arbeit in der Schule, ich fehlte häufiger, war unvorbereitet, müde und über-arbeitet. Kurz: Am Ende des Schuljahres war ich völlig ausgebrannt. Wahrscheinlich war das der Grund für das, was dann auf der Abschlussfahrt geschah.

Ihr Name war Sophie, und sie war meine Schülerin. Sie war siebzehn, und ihre Haut, ihre Augen und ihr Haar waren das Gegenteil meiner Frau. Alles an ihr war dunkel und voller Abgrund. Ein Abgrund, in den ich mich hineinfallen ließ und in dem ich versank. Ich liebte ihren französischen Akzent und ich liebte ihren Körper. Jedes Mal, wenn wir miteinander schliefen, wusste ich, dass ich mich für das Böse entschieden hatte. Ich war jetzt ein Ehebrecher. Und außerdem hatte ich gegen das Gesetz verstoßen, indem ich ein Verhältnis mit einer Schülerin begonnen hatte, die meine Schutzbefohlene war.

Natürlich kam es so, wie es kommen musste. Es war Herbst, die Schule hatte wieder angefangen. Ich hatte über die Sommerferien den Ausbau des Hauses weiter vorangetrieben, ein Großteil der Zimmer war in bezugs-fertigem Zustand. Sophie und ich hatten uns sechs Wochen lang nicht gesehen. Sie hatte die Sommerferien bei ihren Großeltern in Frankreich verbracht. Ich wusste nicht, wie es um ihre Leidenschaft bestellt war. Wenn man siebzehn Jahre alt ist und ein Verhältnis mit seinem achtunddreißig Jahre alten Lehrer hat, können sich die Dinge schnell ändern. Vielleicht hatte sie ja in den Ferien jemand anderes kennengelernt, einen jungen Mann in ihrem Alter.

Am Ende des ersten Schultages trafen wir uns. Sie stieg in meinen Wagen, und wir fuhren in das Haus im Wald. Sie hatte das Anwesen noch nie gesehen, und als ich auf ihre Frage, ob ich mich von meiner Frau trennen und mit ihr hier einziehen würde, mit den Worten: »Mit wem denn sonst, mein dunkler Engel?«, antwortete, fiel sie über mich her.

Wir liebten uns auf dem Boden des zukünftigen Wohnzimmers. Während wir miteinander schliefen, besah ich das Parkett, das ich vor Kurzem in den Raum gelegt hatte. Hier und da fielen mir ein paar Stellen auf, die ich noch besser abschleifen musste. Als Sophie zum Höhepunkt gelangte, ging die Tür auf. Ich sah in die hellen Augen meiner Frau. Links und rechts hingen Leonie und Toni an ihren Händen.

Binnen weniger Tage brach die Welt, wie ich sie bis dato gekannt hatte, völlig in sich zusammen. Ich begriff, was ich vorher nur aus Filmen, Büchern und von Geschichten irgendwelcher Alkoholiker wusste: nämlich dass die Vernichtungskraft einer verletzten Frau schlimmer sein konnte als eine Naturkatastrophe oder ein Dritter Weltkrieg.

Meine Frau Stephanie schmiss mich raus. Nicht auf eine zivilisierte, diskrete Art und Weise, nein. Nachdem ich Sophie bei sich zu Hause abgesetzt hatte, fuhr ich zur Stadtwohnung meiner Familie. Meine Habseligkeiten waren in der Zwischenzeit aus dem dritten Stock auf die Straße geflogen. Die Blicke der Nachbarn und Passanten waren alle auf mich gerichtet, als ich aus meinem Wagen stieg. Ich überlegte. Für einige Augenblicke stritt mein emotionales Ich mit meinem angeborenen Pragmatismus. Schnell erkannte ich, dass es im Moment aussichtslos gewesen wäre, Stephanie um Verzeihung zu bitten. Ich sammelte also den wichtigsten Teil dessen, was da auf der Straße herumlag, ein und verstaute alles in meinem Auto. Als ich den Kofferraumdeckel zuschlug, bog ein Streifenwagen um die Ecke. Das Blaulicht flackerte in mein Gesicht, als das Polizeiauto neben meinem stehen blieb.

Heute bin ich mir sicher, dass die Frauen den Kampf der Geschlechter längst für sich entschieden haben. Am Ende hatte ich nicht nur ein Scheidungsverfahren am Hals. Meine Frau hatte mich wegen Körperverletzung angezeigt. Sie musste sich die blauen Flecken und Wunden direkt nach unserem Zusammentreffen absichtlich zugefügt haben. Vermutlich, während sie meine Sachen aus dem Fenster geworfen hatte. Außerdem behauptete sie, ich sei Alkoholiker und schlüge im Suff sogar meine Kinder. Letzteres konnte sie nicht nachweisen. Offenbar wäre es für sie zu weit gegangen, unseren Kindern etwas anzutun. Hätte nur noch gefehlt, dass sie mich des Kindesmissbrauchs bezichtigte.

Meine Affäre mit Sophie meldete Stephanie der Schule. Hier stand also ein Disziplinarverfahren an, das mindestens meine Strafversetzung nach sich ziehen würde. Hätte sie all ihre falschen und wahren Beschuldigungen in die Zeitung setzen können, sie hätte es getan. Aber das brauchte sie gar nicht. Ihr erster Auftritt und auch die folgenden waren öffentlichkeitswirksam genug. Am Ende des Tages war mein Ruf bis auf die Grundmauern hinab ruiniert.

Du kannst dir die unmittelbaren Folgen leicht ausmalen, lieber Leser. Die Kollegen in der Schule schnitten mich. Die Gespräche mit ihnen reduzierten sich auf das Wesentliche. Stand ich erwartungsvoll in einer Ecke des Lehrerzimmers und trank Kaffee, in der Hoffnung, jemand würde, so wie früher, einen netten Small Talk mit mir beginnen, machte man nun einen großen Bogen um mich. Meine sogenannten besten Freunde, die natürlich auch die besten Freunde meiner Frau waren, ließen sich am Telefon entweder verleugnen oder brachten mir mehr oder weniger schonend bei, dass ich unter den aktuellen Umständen (ich war ja ein Schläger) nicht damit zu rechnen brauchte, bei ihnen auch nur eine vorübergehende Bleibe zu finden.

Nachdem ich ein paar Tage in meinem Auto geschlafen hatte, kapierte ich, dass es so nicht weitergehen konnte. Ich versuchte zunächst bei meiner jungen Affäre mein Glück. Unter ihrer Handynummer war Sophie nicht mehr erreichbar, und wenn ich bei ihr zu Hause anrief (sie lebte noch bei den Eltern), gingen entweder ihr Vater oder ihre Brüder ran. Mir war klar, dass dies kein Zufall sein konnte. Wenige Zeit später erfuhr ich von meinem Direktor, dass Sophie von der Schule abgemeldet und die Familie Durand zurück nach Frankreich gezogen war. Ich habe Sophie nie wieder gesehen.

In all diesem Niedergang gab es dennoch einen kleinen Lichtblick. Sein Name war Dieter. Dieter war Lehrer für Sport und Biologie. Gefühlt hätte ich gesagt, der Mann war mindestens achtzig, aber das konnte nicht sein, schließlich ging man auch als Lehrer in der Regel mit fünfundsechzig in Pension. Das Besondere an Dieter war, dass er nicht nur in der Schule arbeitete, er lebt auch dort. Irgendwie hatte er es geschafft, dass die Schulleitung dies duldete.

Seltsamerweise hatte ich Dieter nie bewusst registriert. Er war einer dieser Menschen, die die Gabe besitzen, unsichtbar zu sein. Ob das an seiner schmalen

Gestalt, seinem unspektakulären Äußeren oder seiner allgemeinen Wortkargheit lag? Den unsichtbaren Dieter nahm ich zum ersten Mal in aller Klarheit wahr, als ich nach einem dienstlichen Gespräch am Spätnachmittag aus dem Direktorat trat. Zu dieser Uhrzeit war außer den Putzfrauen und der Schulleitung normalerweise niemand mehr im Gebäude.

Dieter stand in der Aula, in einem heruntergekommenen Pulli, mit seinen etwas zu langen, ungepflegten Haaren und goss die Grünpflanzen. Er tat das ganz ruhig, mit einem resignierten Blick, der tausend Jahre alt zu sein schien. Ich kapierte sofort, dass dieser Mann das Leben verstanden hatte.

»Stimmt das, was die Kollegen sagen? Dass du hier wohnst?«, fragte ich. Dieter goss weiter, als hätte er nichts gehört. »Und dass du eine Menge Geld besitzt, mehrere Häuser und Konten in der Schweiz und keine Familie?«

»Was spielt das für eine Rolle?«, antwortete Dieter mit einer Stimme, die so dermaßen abgenutzt klang, als würde er schon eine Ewigkeit unterrichten.

»Hättest du etwas dagegen, wenn ich bei dir einziehe?« Zum ersten Mal sah ich ein Lächeln in Dieters müdem Gesicht. Dann schüttelte er den Kopf. Ganz unmerklich und stumm, dergestalt, dass ein anderer es kaum bemerkt hätte. Er stellte seine Gießkanne ab, kam auf mich zu, zog einen Schlüssel aus seiner Hosentasche, überreichte ihn mir, sagte: »Lehrerruheraum.« Dann einen zweiten: »Duschräume Sporthalle.«

Inzwischen war es Anfang November. Ich lebte nun etwa schon seit sechs Wochen mit Dieter in der Schule. Meine Gedanken drehten sich meist um den Papierkrieg, der von den Anzeigen meiner Frau und der Scheidung herrührte. Ich erzählte Dieter meine Geschichte, ich erzählte ihm mein Leben. Er war ein guter Zuhörer. Wenn er meine Äußerungen überhaupt kommentierte, dann lediglich durch ein trauriges Schnaufen, so wie es Hunde tun, die im Bett neben einem liegen. Überhaupt hatte Dieter sowieso viel mehr von einem Haustier als von einem Menschen. Er war immer da, sprach so gut wie nie und erfüllte die immer gleichen Aufgaben, die mir wie Rituale vorkamen, mit denen er sein Revier markierte: Pflanzen gießen, die Mülltonnen der Schule an die Straße stellen, nachts am Computer sitzen, wo er irgendwelche Texte schrieb, Klassenzimmer kontrollieren und das wegräumen, was die Putzfrauen übersehen hatten oder nicht machen wollten. Sein Essen nahm er aus Dosen zu sich. Wenn er etwas trank, dann war es Leitungswasser. Er schien viel weniger ein Lehrer als ein inoffizieller Hausmeister zu sein. Als guten Geist der Schule hätte ich ihn nicht bezeichnen wollen. Dafür fehlte ihm jede Heiterkeit. Sein Wesen hatte etwas von einer Eiche, einem Gletscher oder Eisberg.

Vielleicht hätte mein vermurkstes Leben an dieser Stelle ewig so weitergehen können. Dieter als mein geistiger Meister und ich als sein Novize. Zwei Außenseiter in ihrer eigenen Welt.

Doch die Dinge sollten sich ändern. Und zwar an dem Tag, als es zum ersten Mal schneite. Ich wachte auf, sah den herumwirbelnden Schneeflocken durch das Fenster des Lehrerruheraums zu und dachte »Schnee«. Und als ich dieses »Schnee« dachte, brach plötzlich eine Ahnung in mir auf, dass der heutige Tag etwas zeitigen würde, das mein Inseldasein auf den Kopf stellen würde.

Ich hatte Aufsicht in der zweiten Pause. Routinemäßig kontrollierte ich die Toiletten. Da lag dieser unverkennbare Geruch von Haschisch in der Luft. Ich wartete still vor der Kabine, bis die Tür aufging. Es war ein Schüler, der etliche Schul- und Ausbildungsabbrüche hinter sich hatte, und jetzt fiel er mir in die Hände. Natürlich hätte ich an dieser Stelle korrekt und im Sinne des Gesetzes handeln müssen. Doch was hätte das gebracht? Ich hatte eine andere Idee. Ich nahm dem Schüler die Drogen ab.

Nach der Schule zog ich mich in den Lehrerruheraum zurück und untersuchte das Päckchen. Gras, Haschisch oder Dope interessierten mich nicht. Soweit ich es beurteilen konnte, zog dieses Zeug nur runter, und am Boden war ich schon. Außerdem war ich Nichtraucher und zum Backen hatte ich keine Lust. Ich warf den braunen Stoff ins Klo.

Aber da war noch etwas anderes in dem durchsichtigen Tütchen: Caesar, Coke, White Stuff, Snow, Coco, C, Charley, Koks oder einfach nur Schnee. Ich hatte das Zeug schon einmal gesehen, probiert hatte ich es noch nie. Ich war immer streng gegen Drogen gewesen. In meinem verblichenen Weltbild griffen nur schwache Menschen zu Drogen. Ich hielt das weiße Häufchen auf einem Blatt Papier gegen das Fenster. In einiger Entfernung erkannte ich Dieter. Er schippte Schnee. »Schnee«, sagte ich und hatte eine Entscheidung getroffen.

Der Effekt war überwältigend. Meine Ängste, all die Dunkelheit in mir und um mich herum waren schlagartig weggeblasen, und ein Gefühl innerer und äußerer Harmonie erfüllte mich. Was vorher in meinem Kopf diffus und ungeordnet erschien, war mit einem Mal klar und aufgeräumt. Ich hatte seit langer Zeit wieder den Eindruck, ich selbst zu sein. Dieser ganze Strudel aus Scheiße, in dem ich mich befand, kam mir plötzlich ganz klein und unbedeutend vor. Ich verzieh meiner Frau ihre Bösartigkeiten, erteilte meinen falschen Freunden und Kollegen die Absolution und war im Reinen mit mir selbst. Durch das Fenster sah ich Dieter beim Schneeschippen zu und begann, ein Liedchen zu singen. *Leise rieselt der Schnee* ... Dieses Zeug war keine Droge, nein. Dieses Zeug war die Erlösung.

Ich beugte mich zum Fensterbrett, auf dem der Stoff ausgebreitet war, und nahm eine weitere Dosis.

Ob mein Umfeld meine Veränderung bemerkte, weiß ich nicht. Und es war mir auch egal. Mit zunehmendem Konsum stellte sich bei mir ein Gefühl allgemeiner Gleichgültigkeit ein. Und ich mochte dieses Gefühl, denn es machte mich mutig und frei. Mein neu gewonnenes Selbstbewusstsein setzte ich vor allem dafür ein, mir möglichst schnell mehr Stoff zu besorgen. Ich kümmerte mich nicht um die Unterhaltszahlungen für meine Frau und meine Kinder. Die Rechnungen meines Anwalts sowie alle anderen Zahlungsaufforderungen landeten in den Müllcontainern, die Dieter jeden Donnerstagabend an die Straße stellte.

Ich habe mein Lehramtsstudium an der Johann-Wolfgang-Goethe-Universität in Frankfurt am Main absolviert. Die Nächte am Wochenende habe ich nicht auf wilden Studentenpartys verbracht, sondern in meinem Nachttaxi. Ich war nicht einer dieser Studenten, die von der Geldbörse ihrer Eltern lebten. Alles, was ich erreicht habe, habe ich mir aus eigener Kraft erarbeitet, notgedrungen. Denn meine Eltern sind tot, seitdem ich fünf Jahre alt war. Mein Vater wurde überfahren, meine Mutter erlitt einen tödlichen Hirnschlag. Beide starben im selben Jahr. 1984. Übrigens mein Lieblingsbuch.

Aus meiner Zeit als Taxifahrer kannte ich einen stadtbekannten Großdealer. Sein Name war Dragan. Aus irgendeinem Grund mochte er mich, obwohl ich so ganz anders war als er. Vielleicht gerade deshalb. Auf jeden Fall hatte Dragan mich als seinen Kutscher ausgesucht für Fahrten der besonderen Art. Manchmal fuhr ich Dragan die ganze Nacht lang. Holte ihn von seiner Stammkneipe im Ostend ab, dann ging es los: Von einem Bordell zum nächsten, dann wieder in zwielichtige Kneipen und Parks. Ich vermutete, dass er seine Leute abkassierte, die Mitarbeiter und Mitarbeiterinnen auf Spur brachte. Dragan gab immer ein gutes Trinkgeld und war auch ansonsten recht spendabel, indem er mich zum Essen in irgendeinem Nachtcafé oder an der Tankstelle einlud. Einmal bot er mir sogar eines seiner Mädchen an, was ich selbstverständlich dankend ablehnte. Schon damals übte Dragans Schattenwelt eine gewisse Faszination auf mich aus, aber ich hatte mich noch nicht für das Böse entschieden. Ich beruhigte mein Gewissen damit, dass es sich einfach nur um einen Job handelte, und das war auch so.

Zwei Dinge sind mir von Dragan besonders im Gedächtnis geblieben. Das eine war sein abgenutzter Aktenkoffer, der vermutlich aus den Achtzigern stammte. Das andere war sein durchdringendes Lachen. Allein dieses Lachen drückte alles aus. Seinen Anspruch auf das

Universum, seine totale Rücksichtslosigkeit, die sich offenbaren würde, sobald man sich ihm in den Weg stellte. Damals dachte ich, dieser Typ Mensch würde früher oder später untergehen. Heute weiß ich: Die Dragans dieser Welt werden gewinnen. Und keine Polizei, kein Politiker und kein Moralapostel der Welt wird dies aufhalten können. Denn dieser Menschentypus ist immer und überall Stärke und Gewalt. Wahrscheinlich erscheint ein Dragan selbst dann noch unbesiegbar, wenn er sich im Tiefschlaf befindet.

Ich wusste, wo Dragan wohnte, beziehungsweise, wo er vor zehn Jahren gewohnt hatte. Am nächsten Wochenende fuhr ich nach Frankfurt und suchte seine Adresse auf.

Er erkannte mich sofort wieder. Nach seiner überschwänglichen Begrüßung erklärte ich ihm, warum ich gekommen war. Er runzelte die Stirn, kratzte sich kurz im Nacken und sprach mit seinem serbischen Akzent: »Und da bist du dir ganz sicher?« Ich nickte. Dragan ging in ein Hinterzimmer. Als er wiederkam, hatte er ein Päckchen des weißen Golds dabei. Er machte mir einen guten Preis, daran zweifelte ich nicht. »Das sind zehn Gramm. Müsste für eine Weile reichen.« Bevor ich die Wohnung verließ, zogen wir noch eine Line.

Nachdem mir meine Frau den Gerichtsvollzieher ins Klassenzimmer geschickt hatte, begann ich für Dragan als Drogenkurier zu arbeiten. Irgendwo musste das Geld ja herkommen. Und die Kosten, die auf mich zukommen würden, schienen astronomisch. Wenn du eine hasserfüllte Nochfrau und drei Kinder hast, von denen das älteste acht und das kleinste zweieinhalb ist, dann hast du als Mann verloren. In deinen dunkelsten Stunden wirst du dir wünschen, du wärst ohne deine Eier auf die Welt gekommen.

Der erste Ferientag war der 23. Dezember. In der Nacht vor Heiligabend traf ich Dragan. Mein Dealer und Chef empfing mich mit den Worten: »Das Fest der Liebe naht!« Liebe, ach du meine Güte. Das war etwas, woran ich nicht mehr denken mochte. Zwei Tage zuvor hatte ich in einer Gerichtsverhandlung das Sorgerecht für meine Kinder verloren. Stephanie hatte es durch eine dreiste Lüge erreicht, den Richter auf ihre Seite zu bringen. Angeblich hätte ich mich geweigert, für eine anstehende Auslandsreise der Kinder mit ihr mein Einverständnis als Vater zu geben. Mein Anwalt hatte nicht widersprochen. Ich hatte inzwischen den Eindruck, dass mein rechtlicher Beistand auf der Seite meiner Frau stand. In der Verhandlungspause zog ich mir ordentlich Stoff durch die Nase. Das machte es erträglicher. Ich musste die frische Einsicht in mir betäuben, dass unsere Welt in einem neuen Mittelalter angelangt war, in dem es nicht mehr auf Fakten ankam, und dass der, der heult, recht hat und vor allem bekommt.

»Du siehst müde aus«, sagte Dragan. »Ich habe etwas, das dich aufheitern wird.« Er langte unter den Tisch, zog einen Koffer hervor und legte ihn vor mich. Als ich nicht reagierte, sagte er: »Na? Erkennst du ihn nicht?« Dragan lachte, und meinem verkoksten Hirn dämmerte es. »Der Koffer von damals.« Dragan klopfte mir auf die Schulter. »Mach ihn auf!« Ich folgte seiner Aufforderung. »Wow! Das ist ... viel. Sehr viel.«

»Zwei Kilo. Ein Spezialauftrag. Ein Weihnachtsgeschenk für einen besonderen Kunden.«

Ich begriff, dass Dragan mich auserkoren hatte. Er nannte mir die Kontaktadresse, zu der ich den Stoff bringen sollte. Die Stadt war über zweihundert Kilometer von Frankfurt entfernt. Ich sollte das Paket bis morgen Mittag dort abgeben. Zum Abschied gab Dragan mir meinen Lohn, der höher ausfiel als gewöhnlich. Und natürlich schnieften wir noch gemeinsam eine Line.

Ich stand schon in der Tür, als Dragan plötzlich ein ernstes Gesicht machte. Er griff hinter sich und zog etwas aus seinem Hosenbund. »Das ist eine Glock, neun Millimeter. Du wirst sie nicht einsetzen müssen, aber sicher ist sicher. Bei solchen Mengen ...«

Ich nahm die Waffe und nickte. Erklärte Dragan, dass ich bei der Bundeswehr gelernt hatte, mit Schusswaffen umzugehen, und ging.

Ich weiß nicht warum, aber ich deponierte den Koffer mit dem Koks nicht unter meiner Liege im Lehrerruheraum. Wahrscheinlich war der Grund, dass ich trotz meiner inzwischen allgemeinen Gleichgültigkeit irgendwie noch ein Gefühl der Scham gegenüber Dieter empfand. Ich wollte nicht, dass der letzte von mir noch respektierte Mensch wenige Meter neben einem Gegenstand schlafen musste, der ein schweres Verbrechen bedeutete. Bald sollte sich erweisen, dass auch gute Gefühle in den Abgrund führen.

Am Morgen des 24. Dezember – Dieter schlief noch – stand ich auf und ging auf die Toilette. Es war nicht die übliche Zeit für die Bescherung, das war mir klar. Dennoch entschied ich mich dafür, aus dem Heiligen Abend einen Heiligen Morgen zu machen: Zum ersten Mal ballerte ich mir den Stoff in die Vene. Der aufgelöste Schnee mischte sich mit meinem Blut und verursachte einen Kick, wie ich ihn nie zuvor erlebt hatte. Ich erinnerte mich an den Film *Trainspotting*: »Besser als Sex«. Ich hatte Koks gespritzt, in *Trainspotting* ging es um Heroin. Aber es stimmte. Es war weitaus besser als jeder Orgasmus, den ich jemals hatte.

In einer Wolke aus Euphorie und Klarheit ging ich in den Computerraum, um den Kokskoffer zu holen. Ich wollte gleich losfahren und das Zeug zu Dragans Spezialkunden bringen. Am Anfang lachte ich noch, als ich die Aktentasche nicht fand. Irgendwann wurde mir klar, dass sie weg war. Irgendjemand musste den Koffer aus dem Schrank genommen haben. Ich war immer noch ruhig, als ich diese Feststellung traf. Ging nach vorne zum Pult, zog die Schublade auf, entfernte das Papier, unter dem ich die Pistole versteckt hatte. Nahm die Glock und steckte sie hinten in meinen Hosenbund. Plötzlich spürte ich, wie die Wirkung des Stoffs in meinen Adern nachließ. Gleichzeitig überfiel mich ein unwiderstehliches Verlangen, geradezu ein Zwang, mir einen zweiten Schuss zu setzen. Was ich umgehend tat.

Auf einer theoretischen Ebene war mir klar, dass etwas Schlimmes passieren würde, wenn Dragan erfuhr, dass die zwei Kilo Kokain nicht mehr da waren. Vermutlich würde er glauben, ich sei mit dem Stoff abgehauen. Und er würde alles tun, um mich zu kriegen. Praktisch hatte ein Gefühl der völligen Gleichgültigkeit von mir Besitz ergriffen. Ich hatte mich zu all dem entschieden, von Anfang an. Und wenn es mich das Leben kostete, dann wäre das eben so. Hauptsache, ich wäre bis zum Ende auf Droge. Alles andere war egal. Ich verbrachte also den Tag damit, mir immer wieder Koks in die Adern zu ballern und die weißen Flocken aus den Fenstern der

Schule zu betrachten. Bevor ich sterben würde, dachte ich, wollte ich es noch mit Heroin versuchen. Es war mein innigster Wunsch, mein Bewusstsein oder das, was von meinem Ich noch übrig war, in tausend Stücke explodieren zu lassen, bevor es zu Ende ging.

Irgendwann spazierte ich zurück in den Lehrerruheraum. Auf dem Weg dahin fiel mir auf, dass es draußen schon dunkel wurde. Offenbar hatte ich jegliches Zeitgefühl verloren. Hätte man mich gefragt, wie viel Zeit inzwischen vergangen war, ich hätte geantwortet: »Zwei Stunden?«

»Wo warst du?« Dieters Stimme klang gar nicht entspannt. Er lag auf seiner Liege und ächzte. Ich lächelte. »Wieso, war was?« Plötzlich sah ich, dass da Blutflecken waren. Auf dem Boden und auf der hellen Decke, mit der Dieter sich zugedeckt hatte. Ich bemerkte, dass er ungewöhnlich bleich aussah. »Was ist los?«

»Das ist los!« Dieter zog seine rechte Hand unter der Decke hervor. Sie war verbunden. Und wenn ich richtig sah, dann fehlte etwas an ihr.

»Haben sie dir einen Finger abgeschnitten?«

»Nein! Zwei!«

Ich sah genauer hin. Der kleine Finger und der Ringfinger fehlten.

»Ich weiß nicht, was da los ist«, sagte Dieter und schluchzte wie ein Kind. »Aber die Herren meinten, wenn du die Ware rechtzeitig auftreibst, dann bekomme ich die Finger zurück.«

Ich verstand nur halb. Setzte mich auf meine Liege, um in Ruhe nachdenken zu können. »Du bekommst die Finger zurück?« Dieter antwortete nicht. Mein Blick fiel auf mein Handy, das auf meinem Kopfkissen lag. Ich nahm es und wählte Dragans Nummer.

Nach dem Anruf war ich schlauer. Dragan hatte zwei seiner Leute losgeschickt. Da sie mich nicht finden konnten, hatten sie ihr Exempel einfach an Dieter statuiert. Die Finger hatten sie mitgenommen. Sie lagen jetzt im Kühlschrank von Dragans Wohnung in Frankfurt. Wenn ich den Stoff bei ihm abliefern würde, bekäme ich sie wieder. Meinen Job bei ihm wäre ich für immer los. Und Koks würde es für mich bei ihm nie wieder geben.

Ich legte auf und starrte aus dem Fenster. Es schneite noch immer. Die von so vielen ersehnte weiße Weihnacht würde dieses Jahr wohl wahr werden. Plötzlich klopfte es an unsere Tür.

Es war der stellvertretende Schulleiter, Doktor Wenk. Er hatte weder Frau noch Kinder, und seine Mietswohnung befand sich direkt neben der Schule. Meine Beziehung zu ihm war immer professionell gewesen, doch jetzt hielt er Dragans Drogenkoffer in seinen Händen. Mir fiel ein, dass er in der letzten Ausgabe der Schülerzeitung zum neugierigsten Lehrer unserer Anstalt gewählt worden war. Eine Einschätzung, die offenbar der Wahrheit entsprach, wie sonst hätte er an den Koffer kommen können? Hätte ich irgendein Gefühl für Doktor Wenk empfunden, es wäre vermutlich Mitleid gewesen. Sein Leben war eindeutig genauso leer wie meines.

»Irgendetwas stimmt nicht mit Ihnen.« Wenk deutete auf mich. Ich stand auf. Er fuhr fort: »Ich bin zwar kein Fachmann, aber der Inhalt dieses Koffers scheint mir doch sehr zweifelhaft zu sein.« Er legte die Aktentasche auf meine Liege.

»Haben Sie die Polizei informiert?« Ich hatte keine Lust, lange um den heißen Brei herumzureden. Wenk antwortete nicht. Stattdessen setzte er sich neben den Koffer.

»Weiß außer Ihnen noch jemand von dem Koffer?«, fragte ich.

Wenk schüttelte den Kopf. Ich zog meine Waffe und schoss dem stellvertretenden Schulleiter mitten ins Gesicht. Dieter schrie.

»Halt's Maul«, brüllte ich ihn an. »Wann haben sie dir die Finger abgeschnitten?«

»Vor zwei Stunden.«

»Und wie lange kann man abgetrennte Finger wieder annähen?« Ich ging davon aus, dass ein Biologielehrer über medizinische Grundkenntnisse verfügte.

»Bei fachgerechter Lagerung kann man einen Finger noch nach zwölf Stunden wieder annähen.«

Ich holte ein Päckchen Koks aus meiner Jackentasche und ging zum Fensterbrett. Nachdem ich eine Stelle gefunden hatte, auf der sich kein Blut befand, zog ich mir das Zeug durch die Nase. »Alles wird gut.«

»Du bist wahnsinnig«, sagte Dieter.

»Ich habe eine Idee«, sagte ich.

Als wir auf den Autobahnzubringer Richtung Frankfurt fuhren, wurde mir klar, dass ich das Letzte, was mir in meinem Leben noch etwas bedeutete, verloren hatte. Sein Name war Dieter. In schwierigen Situationen offenbart sich der wahre Charakter des Menschen. Und Dieter hatte sich als jemand erwiesen, der weder einen kühlen

Kopf bewahren konnte noch wirklich in sich ruhte. Anfangs hatte er mir den Anschein vermittelt, als sei er tiefgründig und wissend. In Wirklichkeit war er einfach nur ein alter, frustrierter Lehrer. Kein Fels in der Brandung. Niemand, zu dem man aufblicken konnte. Ich gestand mir ein, dass ich mich getäuscht hatte. Die letzte Autorität meines Lebens war soeben verschieden. Dieter und ich hatten nie auf derselben Insel gelebt.

»Was hast du vor?«, fragte Dieter.

»Wir bringen Dragan den Stoff, du kriegst deine Finger, ich fahre dich ins Krankenhaus.«

»Und die Leiche?«

Ich antwortete nicht. Zog meinen Stoff aus der Tasche und schniefte frischen Schnee in mich hinein. Die Leiche, dachte ich, würde ich in den nächsten zwei Tagen in Zement gießen. Im Keller meines Hauses im Wald. Stephanie und die Kinder waren heute früh nach Hamburg zu meinen Schwiegereltern gefahren, wo sie die Weihnachtsfeiertage verbringen würden. Das hatte sie mir nach der Gerichtsverhandlung gesagt.

»Die Leiche?«, wiederholte Dieter.

»Verdammt! Siehst du das?« Ich deutete nach draußen. Das Schneegestöber wurde immer stärker.

Mein Wagen war alt. Ich wusste, dass eines der Rücklichter nicht funktionierte. Das war dann auch der Grund dafür, dass man uns anhielt. Ich fuhr auf den Standstreifen der Autobahn und wartete, bis der Streifenpolizist bei meinem Fenster angekommen war. »Guten Abend.«

»Fröhliche Weihnachten«, sagte ich. Der Polizist verlangte Führerschein und Fahrzeugpapiere.

»Sie wissen, warum wir Sie angehalten haben?«

Ich stellte mich unwissend. Der Beamte brachte die Sache mit dem Rücklicht und dass ich es in naher Zukunft reparieren müsse. Dann leuchtete er mit seiner Taschenlampe in den Wagen. Irgendwie musste er bemerkt haben, dass Dieter ein Problem hatte. Jetzt sah ich, wie Dieter ganz offen seine lädierte Hand in die Luft hielt. Was für ein Idiot!

»Ich fahre meinen Großvater ins Krankenhaus nach Frankfurt«, log ich. »Er hat Holz gemacht und sich mit der Kreissäge verletzt.«

»Soll ich einen Krankenwagen rufen?«

»Nein.« An dieser Stelle hätte ich besser ein »Danke« hinzusetzen sollen. Tat ich aber nicht. Stattdessen sagte ich »Auf keinen Fall!«. Das war wohl maßgeblich für das, was in der Folge geschah. Der Polizist löste die Verriegelung an seinem Waffenholster. Sein Blick war misstrauisch geworden.

Von nun an ging alles ganz schnell. Ich startete den Wagen, drückte aufs Gas und fuhr mit quietschenden Reifen davon. Als ich auf die Fahrbahn zog, erwischte ich einen Kleinwagen. Im Rückspiegel sah ich, wie das Fahrzeug in die Mittelleitplanke krachte. Ich sah nach rechts. Die Beifahrertür war bei dem Aufprall beschädigt worden. Zwischen dem verbogenen Blech stieben Schneeflocken in den Wagen.

»Alles klar, Dieter?«

»Alles klar? Ich hätte dir niemals Obdach gewähren dürfen – mir fehlen deinetwegen zwei Finger, und du hast gerade unseren Vorgesetzten erschossen!«

Während ich beschleunigte, sah ich in den Rückspiegel. Statt die Verfolgung aufzunehmen, war der Streifenwagen bei dem verunfallten Kleinwagen stehen geblieben.

»Siehst du, Dieter«, brüllte ich (der Wind pfiff inzwischen so laut in den Wagen, dass man sein eigenes Wort kaum mehr verstand). »Alles richtig gemacht!« Ich klopfte Dieter auf die Schulter und lachte. In diesem Moment, ich hatte inzwischen die 170 überschritten, tat es einen Schlag. Der Innenraum des Wagens war mit einem Mal voller Schnee. Ich konnte kaum noch etwas sehen und drosselte das Tempo. Dann schaute ich hinüber zu Dieter. Die marode Beifahrertür war nicht mehr marode. Sie war einfach nicht mehr vorhanden.

Dieter brüllte wie am Spieß. Ich musste irgendetwas tun. Wieder fuhr ich auf den Standstreifen, hielt an. Gab Dieter eine Ohrfeige. Erstaunlicherweise zeigte die Aktion Wirkung. Dieter war sofort still. Als ich wieder anfuhr, begann er zu weinen. Ich streute eine Prise Koks aufs Lenkrad und schniefte.

Es gibt Leute, die behaupten, es gebe immer einen Ausweg. Das ist Blödsinn. Diese Leute sind Theoretiker, die in irgendeiner behüteten Kuschelwelt leben, ohne das geringste Bewusstsein für die Relativität des Seins. *Fuck the establishment!* Ich verzeihe ihnen ihre Arroganz. Ich habe rein gar nichts gegen sie. Ich bin nur nicht so wie sie. Ich bin anders.

Nach etwa zehn Kilometern stellte ich fest, dass die Autobahn völlig leer war. Es gab nur noch uns, den pfeifenden Wind, das Schneegestöber, das Scheinwerferlicht des Wagens. In solchen Momenten, von denen ich wusste, dass sie nicht lange halten, war ich immer glücklich. Dieter hatte aufgehört zu weinen. Die Tränen auf seinen Wangen schienen festgefroren. Vielleicht schlief er, vielleicht war er am Erfrieren.

Ich konnte ihre Lichter sehen. Alles funkelte, gelb und blau und rot. Ich griff in meine Jackentasche und zog den letzten Rest Koks hervor. Es würde reichen müssen, dachte ich, und zog mir das weiße Pulver durch die Nase.

Nachdem ich die Absperrung durchbrochen hatte, verlor ich die Kontrolle über den Wagen. Das Auto schlitterte einen Hang hinunter. Ich hörte Schüsse. Zwischen Bäumen und Gestrüpp kam das Fahrzeug zum Stehen. Ich stieg aus. Oben am Hang sah ich etwas liegen, das wie ein Mensch aussah. Das musste Dieter sein. Sirenen heulten, Schüsse fielen. Plötzlich war ich im Kegel eines Hubschrauberscheinwerfers gefangen. Ich ging zum Kofferraum, der offenstand, und nahm Dragans Aktentasche.

Als sie zu sehen waren, zog ich meine Waffe aus dem Hosenbund. Und ich sagte mir: Der Weg durch ihre Kugeln ist ganz leicht: Wenn man ausweicht, ist man tot. Ich sah die Blitze der Geschosse. Wie der Schnee wirbelten sie um mich herum. Die Kugeln schlugen durch den Koffer. Eine weiße Wolke stob in mein Gesicht. In der hell erleuchteten Luft mischte sich das Kokain mit den Schneeflocken. Schnee mit Schnee, dachte ich und sog beides ein, ganz tief und leise. Und ich lächelte dabei.

Es waren nicht die Drogen. Mich verband einfach nichts und niemand mehr mit dieser Welt. Das war schon immer so, vom Anbeginn meines Seins. Die Melodie, die in mir spielte. Jahrzehntelang hatte ich sie nicht hören wollen. Die Drogen waren nur das Tor, das mir meine Lügen genommen hatte. Und jetzt hörte ich es, mein Lied, mein wahrhaftes Bewusstsein. Laut und unverkennbar: Ich. Ganz ohne Schminke. Echt. Ich fiel nicht mehr in den Abgrund, nein. Ich *war* der Abgrund.

Ich hielt die Pistole nach vorne und drückte den Abzug. Einmal, zweimal und zum dritten Mal. Alles war klar, und alles war schön. Ich verzieh der Welt all ihre Sünden. Alles, was sie mir angetan, und das Böse, das ich in sie gebracht hatte.

Und dann, als sie durch mich hindurchschossen, da dachte ich, wie es war, als ich ein Kind gewesen bin und ihn noch gekannt hatte, den Unterschied zwischen Gut und Böse.

Und ich lächelte.

Petra Nacke
Nachbarn

Es schneit immer noch. Der Schnee fällt lautlos in zauberhaften Federflocken und bedeckt die Welt da draußen mit einer flauschigen Decke aus weiß glitzernder Stille. Wenn wir in den Alpen oder in der Oberpfalz wären, vielleicht auch im Fichtelgebirge, am Polarkreis sowieso, wäre das völlig normal. Aber nicht hier. Wenn es hier schneit, sieht es aus, als hätte ein Riese die Reste einer Puderzuckertüte lustlos über der Landschaft entsorgt. Aber heute – jetzt – ist alles anders.

Hubert sieht den Flocken durchs Fenster beim Fallen zu und fühlt sich für wenige Momente genauso schwerelos und rein wie sie. Die blitzblanke Frische des jungfräulichen Schnees gleitet durch ihn hindurch und spült den ganzen Dreck, all den Unrat seines verpfuschten Lebens, aus ihm heraus. Hinschauen, denkt es in ihm, man muss nur lange genug hinschauen, dann macht der Schnee sogar einen wie ihn sauber. Sauber. Ganz tief drinnen.

*

Hubert Kubitschek lebt seit ungefähr drei Jahren in seinem Haus nahe der Stadtgrenze in Gaismannshof. Wenn man es genau nimmt, ist es kein Haus, sondern eine bessere Gartenlaube, und die gehört nicht ihm, sondern seinem ehemaligen Chef, Rüdiger Körner. Rüdiger, also der Rudi, lässt ihn umsonst darin wohnen, seit er gezwungen war, ihn zu entlassen. Die Auftragslage – angeblich. Aber Hubert weiß, dass es wegen Jolanda ist. Jolanda ist die Frau vom Rudi. Äußerlich ein Traum. Figur wie aus nem Modeheft, lange, blonde Haare, Titten wie ein Mittelgebirge, da hat der Rudi sogar noch mal nachgeholfen, obwohl es nicht nötig gewesen wäre, und Beine bis zum Hals. Aber innerlich ein echtes Miststück.

Jolanda hatte ihn von Anfang an nicht ausstehen können. Hubert sei kein Umgang für ihren Rüdiger, den sie Litschi nennt, weiß der Teufel warum, vielleicht, weil die im Ostblock keine Litschis hatten, damals. Jedenfalls: Litschi und Hubert das geht einfach nicht zusammen, hat Jolanda gemeint. Freundschaft hin, Freundschaft her. So einer wie Hubert passe nun mal nicht in die Kreise, in denen sie mit ihrem Litschi zu verkehren gedenke. Unternehmerkreise, in denen es keinen Pizzaleberkäs, sondern Austern und Kaviar gibt, und in denen Champagner getrunken wird und nicht dieser ekelhafte Doppelkorn von Lidl, der selbst dann einen Kater macht, wenn man ihn mit Dosenpils verdünnt als Kopi trinkt.

Hubert rülpst, ihm brummt der Schädel. Vom Restalkohol in den Dampfwolken, die aus seinem Mund strömen wie die Seele aus einem Sterbenden, würde ein ungeübter Trinker binnen weniger Sekunden besoffen. Er tritt näher an die Scheibe ran, so nah, dass sie beschlägt und er den Kopi-Atem mit dem Ärmel seines speckigen Bademantels wegwischen muss. Da draußen ist alles weiß und weit und gut. Und unter der Birke steht ein unförmiger Schneemann, der ihn aus breitem Maul feist angrinst. Der Schneemann gehört da nicht hin.

*

Hubert hatte beschlossen, erst einmal einen klaren Kopf zu bekommen. Und das geht üblicherweise so: Wasser auf dem Campingkocher heiß machen, die sauberste Tasse suchen, lösliches Kaffeepulver rein, Wasser drüber, hinsetzen, Kaffee trinken. Dann Dosenpils. Danach irgendwas Essbares suchen, mit Bier runterspülen und zum Schluss einen Korn zur Belohnung und als Fitmacher für den Tag. Fertig.

Im Winter kommt noch das Anschüren vom Ofen dazu. Aber das muss heute genauso ausfallen wie das meiste andere auch. Das ist wegen dem Schneemann und den ganzen Ungereimtheiten, die sich daraus ergeben.

Wie ist das Ding in seinen Garten gekommen? Gestern war es noch nicht da, das weiß Hubert ganz sicher, und auch, dass er den Schneemann nicht selbst gebaut hat, nicht mal im Vollsuff. Jemand muss in seinem Garten gewesen sein, während er geschlafen hat. Aber wer? Das Metalltor klemmt schon seit Langem, lässt sich nicht mehr absperren, was ihn eigentlich nicht stört. Warum auch? Bei ihm gibt's nichts zu holen, und im Schuppen nebenan lagert nur der alte Plunder, den Rudi in all den Jahren dort angesammelt hat, als er noch nicht Litschi war, sondern ein Kumpel, mit dem man grillen, saufen, quatschen und jeden Blödsinn machen konnte.

Einmal ist er mit Pfeil und Bogen angekommen, und sie haben so lange auf leere Bierdosen geschossen, bis es zu dunkel wurde und sie die Pfeile im Garten nicht mehr finden und erst nach Sonnenaufgang weitermachen konnten. Sobald es Zeit wurde, waren sie ohne eine Minute Schlaf und entspannt betrunken gemeinsam auf die Baustelle gefahren. So war das damals. Ganz leicht, immer locker. Langweilig ist ihnen nie geworden. Langweilig ist Hubert erst, seitdem Jolanda ihn aus seinem alten Leben rausgeworfen und ihm seinen besten Freund genommen hat. Jolanda. Verfluchtes Miststück!

Aufgepeitscht von einer mächtigen Zorneswelle hat Hubert den Schuppen nach Pfeil und Bogen durchwühlt und ist dabei trotz der Eiseskälte ins Schwitzen geraten. Es spielt keine Rolle, wie der Schneemann in den Garten gekommen ist, er weiß, wozu er taugt. Der Schneemann ist Jolanda, und die soll jetzt dran glauben, er wird sie mit Pfeil und Bogen erlegen wie eine tollwütige Hyäne. Zwei Pfeile hat er in dem Gewühl gefunden und den ersten gleich in die schneebedeckte Buchenhecke verschossen. Der zweite wird sitzen!

Hubert setzt die Flasche an und nimmt noch einen kräftigen Schluck Doppelkorn. Zielwasser. Dann legt er den Pfeil an die Sehne, spannt den Bogen, schießt und trifft die fette Schneejolanda am Kopf. Er lacht schrill, rennt vor, zieht den Pfeil wieder raus, stolpert ein paar Schritte zurück, nimmt noch einen Schluck. Wie hübsch der Pfeil sirrt, wenn er auf Jolanda zuschießt. Hubert kichert wie ein pubertierendes Mädchen. Dieses Mal hat er Jolandas Unterleib getroffen, dort, wo die mittlere Schneekugel in den etwas unförmigen Sockel übergeht. Er schnellt vor, will den Pfeil rausziehen, weiterschießen. Er ist jetzt richtig gut in Fahrt. Aber der Pfeil steckt fest. Was ist das? Eis vielleicht? Hubert zieht und rüttelt, versucht ihn mit Drehbewegungen freizubekommen, stemmt schließlich einen Fuß gegen die dicke Bauchkugel und zerrt mit aller Kraft, bis der Pfeil plötzlich nachgibt und Hubert von seinem eigenen Gewicht rückwärts in den Schnee geschleudert wird. Noch liegend stößt er einen Kriegsschrei aus, reckt die Hand mit dem Pfeil triumphierend gen Himmel und erstarrt. An der Spitze klebt was Rotes und etwas, das im trägen Grau des Winterhimmels aussieht wie ein Fetzen Stoff.

*

Natürlich hatte sich Hubert nach dieser Entdeckung erst einmal einen Beruhigungsschluck genehmigt. Blöd nur, dass sich die Realität gelegentlich mit einer solchen Vehemenz ins Leben bohrt, dass nicht mal ein lang gepflegter Dauersuff dagegen ankommt. Kein Wunder. Hubert hatte der toten Frau bei seinem zweiten, beherzteren Grabungsversuch mitten ins eisstarre Gesicht gelangt und war schlagartig nüchtern geworden. Zum einen, weil es eine tote Frau, also quasi ein toter Mensch, zum anderen, weil es die schöne Elfi aus der Backbude in Leonhard war. Das konnte man mit etwas gutem Willen schon noch erkennen, obwohl von ihrem Gesicht nicht mehr viel übrig war. Jemand hatte es offenbar als Punchingball verwendet. Und dann auch noch die Sache mit dem Pfeil! Da, wo er getroffen hatte und mit aller Gewalt wieder rausgezogen worden war, klaffte ein tiefes Loch wie der Schlund eines Vulkans, dessen Ränder aus Stoff, Fleisch und Schnee sich Hubert entgegenzurecken, ihn aufzusaugen schienen. Irgendwie hatte er es trotzdem geschafft, Elfi in den Schuppen zu bugsieren, und war danach auf seinem Bett zusammengeklappt.

*

Als er wach wird, beginnt es draußen schon wieder zu dämmern. Hubert friert, er müsste den Ofen anmachen, aber er fühlt sich wie tot. Tot wie Elfi, die nebenan im Schuppen hockt und mit großer Wahrscheinlichkeit nicht von allein rausspaziert, wenn sie wieder aufgetaut ist. Wer hat sie ihm in den Garten geschleppt und warum? War das nur Zufall, weil sich seine Gartentür nicht zusperren lässt? Aber wer kommt hier im Winter schon raus? Im Sommer ja, da rappelt das Leben in den Gärten rundum. Da wird Holz gehackt, Rasen gemäht, gesät, geerntet und gegrillt auf Teufel komm raus. Aber im Winter? Da kommen höchstens mal ein paar Russen und machen Männerpartys mit scharf gewürztem Schweinespeck, fetten Räuchermakrelen und Hektolitern von Wodka.

Auf diese Weise hatte Hubert vor zwei Jahren Oleg kennengelernt und indirekt auch Viktor aus der Nachbarlaube. Indirekt deshalb, weil man nicht von Kennenlernen sprechen kann, wenn dir jemand über eine verlauste Thujahecke hinweg völlig ohne Grund Schläge androht. Hubert wollte was Passendes zurückbrüllen, man kann sich schließlich nicht alles gefallen lassen, gibt ja auch noch so was wie Stolz. Aber Oleg hatte ihn nur am Arm in seine Laube gezogen und gemeint: »Hat sich Viktor Ameisen in Kopf von Wodka. Der macht dich platt, Towaresch.« Seitdem sind Hubert und Oleg Kumpels.

Deshalb sitzt Hubert jetzt wie schon so oft an Olegs Küchentisch, trinkt Wodka und Bier und knabbert gezwungenermaßen an einer Gewürzgurke rum. *Gott liebt Dreifaltigkeit*, sagt Oleg immer. Deshalb die Gurke zu den Getränken.

Oleg lebt die meiste Zeit in seiner Gartenlaube in Gaismannshof, obwohl er eigentlich immer noch eine richtige Wohnung in Leonhard hat. Aber da hält er es nicht mehr aus, seitdem die Schwiegermutter eingezogen ist. *Wo der Teufel nicht hinwill, schickt er alte Weib.*

Oleg liebt russische Sprichwörter und setzt sie bei jeder Gelegenheit ein, ansonsten hält sich sein Deutsch in Grenzen. Die Schwiegermutter sei jedenfalls genau wie Viktor *ein Löffel Teer in Fass voll Honig.* Und weil Hubert und er Leidensgenossen sind, was die Frauen angeht, und Hubert in seinem früheren Leben auch mal in Leonhard gewohnt hat, sind sie *Beeren vom selben Feld.*

Deshalb erzählt Hubert seinem Kumpel jetzt auch von Elfi. Die kennt Oleg natürlich. Die kennt jeder im Sprengel. Wegen der schönen Elfi hatte die Backbude mit einem Schlag deutlich mehr männliche Kundschaft als jedes andere Backwarengeschäft in der Gegend.

Eigentlich war Elfi gelernte Friseuse, mit Brief und Siegel, und hat auch als Friseuse gearbeitet. Bis es losging mit der Stuhlmiete. Stuhlmiete heißt, dass du kein festes Gehalt mehr bekommst, sondern deine Kunden selbst ranschaffen musst und nur noch die Ausrüstung im Salon benutzen darfst. Du wirst quasi zur Friseurnutte – nur viel schlechter bezahlt als jede Bordsteinschwalbe. Wahrscheinlich hat die Elfi sich da gedacht, wenn ich eh schon anschaffen geh, kann ich das auch für richtiges Geld machen. Tagsüber also Backbude und nachts Escort Girl.

»Escort Girl?« Oleg zieht fragend die Augenbrauen hoch.

»Klingt edel, ist aber auch bloß ne Nutte«, sagt Hubert, »von so'm Aushilfsjob in der Backbude hätte die sich doch nicht all die teuren Fummel leisten können, die sie immer spazieren getragen hat. Die werden ihr die verdammten Kerle finanziert haben.«

»Hm«, macht Oleg traurig und fischt mit zwei Fingern im Gurkenglas, »der eine hat Dill, der andere hat Gurken.«

Aber Hubert will jetzt keine Sprüche. Er will reden. Loswerden, was ihm auf der Seele drückt wie ein ganzes Felsmassiv.

»Und nu hat einer von diesen Kerlen die Elfi totgemacht!«, bricht es aus ihm raus.

»Totgemacht?« Oleg lässt die Gewürzgurke fallen. Sie landet mit einem hässlichen Schmatzen auf dem Tisch.

Hubert starrt auf die Gurke, als sähe er die tote Elfi vor sich liegen, und fängt an zu schniefen. Dreckskerle, elende. Die Elfi hätte wirklich was Besseres verdient gehabt. Dann erzählt er Oleg haarklein das ganze Schlamassel, und dabei kullern ihm Tränen über die stoppeligen Backen wie Schmelzwasser.

Oleg hört zu, schenkt Wodka nach, dreht sich eine Zigarette und zündet sie an.

»Wenn Kopf ab, weint man nicht um Haare«, sagt er schließlich und folgert pragmatisch: »Das Elfi muss weg!«

*

Die Reifen des Bollerwagens knirschen im Schnee. Vor einer Weile hat es wieder angefangen mit der weißen Pracht. Doch was durch ein Fenster hübsch anzusehen ist, geht schwer auf die Kondition, wenn man mit einem wackeligen Bollerwagen durchmuss. Eigentlich haben die beiden schnaufenden Männer keinen Plan, nur dass die tote Elfi weg muss. Irgendwie und irgendwohin. Nur erst mal weg aus der Kleingartenkolonie. Und weil Hubert sowieso immer mit Olegs altem Bollerwagen von wegen Bier und anderen Fröhlichmachern querfeldein zum Lidl am Sankt-Gallen-Ring zuckelt, sind sie damit reflexartig Richtung Lidl marschiert.

Nachdem sie die immer noch bretthharte Elfi in einen großen, grauen Sack für Gartenabfälle gesteckt, im Wagen verstaut und zusätzlich mit einer Plane abgedeckt hatten, war Oleg der leere Bierkasten im Schuppen aufgefallen, den er dann kurzerhand auch noch unter die Plane stopfte, zusammen mit den Perlenbacher-Bierdosen. Zur Tarnung gewissermaßen und wegen dem Pfand. Blöderweise gerät das Gefährt durch diese Unwucht bei der kleinsten Bodendelle ins Schwanken, und Bodendellen gibt's bei diesem Wetter jede Menge. Zweimal kippt ihnen der Wagen samt Bierkasten, Dosen und Elfi scheppernd um. Zweimal schaufeln sie die Sauerei zurück und fluchen nicht schlecht. Glücklicherweise ist es dunkel, und außer ein paar Joggern sind kaum Menschen unterwegs. Trotzdem hat Oleg die Schnauze voll.

»Vorn an Ecke von Rothenburger Straße steht große Kasten für Kleider.«

Hubert nickt, den Altkleidercontainer kennt er, da zieht er sich immer mal wieder was Passendes raus. Die beiden machen also kehrt und zuckeln auf dem schmalen Fußweg die Lehrberger Straße lang bis kurz vor die Einmündung zur Rothenburger. Bierkasten raus, Elfi raus. So weit, so einfach. Rein theoretisch müsste die zierliche Frau in die große Klappe des Containers passen – wenn die nur nicht so hoch oben wäre. Sie stemmen und ziehen und drücken, bringen den erstaunlich schweren Körper aber einfach nicht hoch genug, was vor allem daran liegt, dass Hubert sich selbst kaum auf den wackeligen Beinen halten kann. Dafür reißt die Plastiktüte von dem ganzen Gezerre auf. Durch den Schlitz spitzen ein paar lange, blonde Strähnen und kitzeln Oleg im Gesicht: »*Bog pomozhet nam!*«, Gott steh uns bei, schreit der entsetzt und lässt Elfi fallen. Die landet krachend auf dem Bollerwagen und kippt ihn um, wodurch sich die Perlenbacher Billigbierdosen laut scheppernd überall verteilen. Hier fahren Autos und hier wohnen Menschen, sie müssen weg. Und wenn die Elfi nicht in den Altkleidercontainer geht, dann eben dahinter. Hauptsache, sie sind sie los, außerdem schneit es, und der Sack wird in spätestens einer Stunde nicht mehr zu sehen sein.

»Väterchen Frost ist Trost für die Müden«, sagt Oleg weise und schippt vorsorglich noch eine Ladung Schnee auf den Sack. Dann ziehen sie erschöpft, aber erleichtert endlich Richtung Lidl.

Sie kommen nicht weit, denn sie haben die Rechnung ohne Anneliese Kalb gemacht.

»Ihr da«, ruft Frau Kalb energisch und deutet auf die Stelle hinter dem Container, wo sie gerade eben den Elfi-Sack deponiert haben, »Geht's amol her!« Frau Kalb macht jeden Abend um die gleiche Zeit mit Henry, einem triefäugigen, asthmatisch röchelnden Dackel, einen Spaziergang, und dieser Dreck um den Altkleider- und die Glascontainer ist ihr schon lange ein Dorn im Auge. Alles Mögliche laden die Leute hier ab, gelbe Säcke, Sperrmüll, dreckige Babywindeln. Eine Schande ist das und unhygienisch sowieso. Auch im Bürgerverein hat sie sich deswegen schon eingebracht. Und nun hat sie endlich zwei von diesen Müllterroristen auf frischer Tat ertappt. »Wenn ihr maant«, doziert Frau Kalb mit einer Stimme, die keinen Widerspruch duldet, »ihr kennt euern Dreeg da verdaln, wie's euch gfälld, dann habbt ihr aich fei gschniedn. An Debbich ghert ned zu die Altglader und daneben erscht recht ned!« Der Dackel schnüffelt interessiert am Elfi-Sack rum und macht dabei Geräusche, die wie eine Mischung aus Knurren und Furzen klingen. »Pfui, Henry«, sagt Frau Kalb scharf zu ihrem Hund und zu Hubert und Oleg im selben Ton, »und ihr nemd euern lumberden Floggadi gfelligst widda mid und bringt ihn dahin, wo er highert, oder«, Anneliese Kalb zieht drohend das Handy aus ihrer Handtasche, »i hol die Bollizei!«

Dass die beiden in ihrem Zustand doch noch so schnell sein könnten, hätten sie wahrscheinlich selbst nicht gedacht. Ruck, zuck ist der Sack jedenfalls wieder im Bollerwagen verstaut, und dann nix wie weg.

Hubert und Oleg starten durch wie Kutschpferde, hinter denen der Teufel die Peitsche schwingt. Und weil sie mitsamt ihrem schlingernden Gefährt automatisch stadteinwärts in die Rothenburger abgebogen sind, sehen sie wenig später das Lidl-Schild gegen den eisengrauen Winterhimmel leuchten. Da wird nicht lange gefackelt. So einen Schock kriegt man nur auf eine Weise wieder aus dem Körper. Elfi hin, Elfi her.

Oleg geht rein, Hubert bleibt draußen und passt auf. In der Kälte stehen und warten ist Mist. Lieber wäre Hubert reingegangen – Aktivität hilft gegen Angst, die ihm immer noch in den Knochen steckt und ihn ganz erbärmlich schlottern lässt. Aber *Angst hat große Augen,* hat Oleg gemeint, heißt in diesem Fall: Man sieht Hubert schon von Weitem an, dass er was verbockt hat. Deshalb steht Hubert neben den angeketteten Einkaufswagen und wird immer nervöser, weil das da drinnen so lange dauert. Ist normal zwischen den Feiertagen, da kaufen die Leute regelmäßig die Supermärkte leer, als stünde ein Weltkrieg bevor. Und morgen ist Silvester.

Ein paar Kinder üben schon mal und zünden Kracher. Hubert zuckt bei jedem zusammen, als wäre er getroffen, dabei zielen die nicht mal direkt auf ihn, nur ein bisschen, weil so ein abgerissener Kerl mit Leiterwagen immer eine gute Zielscheibe abgibt. Endlich kommt Oleg zurück mit drei Sixpacks Perlenbacher und zwei Flaschen Doppelkorn. Nach dem ersten Kopi geht's ihnen besser, und für eine Weile ist es sogar wurscht, dass sie die tote Elfi immer noch spazieren fahren. Man gewöhnt sich an alles.

Sie könnten direkt über den schmalen Fußweg und dann durch die Felder bis zur Lenkersheimer zu den Kleingärten zurückgehen, aber von daher war die Dackelfrau vorhin gekommen und ein zweites Mal wollen sie der auf keinen Fall begegnen. Also beschließen sie, vorsichtshalber den Umweg über die Regelsbacher Straße parallel zu den Bahngleisen zu nehmen. Da ist normalerweise auch so gut wie kein Verkehr, wenn nicht grad eine Veranstaltung beim SG 1883 läuft.

Als sie am Sportgelände vorbeischnaufen, liegen die Fußballplätze unter einer dicken Schneedecke begraben, und das lang gestreckte Vereinsgebäude sieht aus wie ein liegender, verkohlter Dinosaurier. Irgendwie riecht es sogar angebrannt. Hubert und Oleg stecken schnüffelnd die Nasen in die Luft. Es riecht nach Plastik und verbranntem Fleisch, so als würde jemand eingeschweißte

Bratwürste mitsamt der Verpackung grillen. Sie ziehen den Bollerwagen weiter und passieren jetzt linkerhand den Mopsclub. Über den hatten sie schon immer so Witze gemacht. Lässt ja auch jede Menge Spielraum für Fantasie. Ist aber nur ein Treffpunkt für Mopsbesitzer, die ihre keuchenden Lieblinge über kleine Hürden scheuchen von wegen Disziplin und Kondition.

»Was machen die eigentlich mit den Möpsen im Winter?«, fragt Hubert unvermittelt und bleibt stehen. Gerade eben ist ihm das Elfi-Problem wieder präsent geworden, und er hat eine Idee: »So n Mops hat doch verdammt kurze Beine oder?«

Oleg nickt.

»Solange da Schnee liegt«, macht Hubert weiter, »kommen die bestimmt nicht her, weil so n Mops, der sackt da doch sofort ein!«

Oleg ist überzeugt. Das mit den kurzbeinigen Möpsen ist ein Eins-a-Argument, und außerdem sieht das Tor ziemlich windig aus. Er tritt beherzt mit dem Fuß dagegen, aber das Ding rührt sich keinen Millimeter. Er tritt noch mal zu. Nichts. Das Tor gibt einfach nicht nach. Oleg spürt eine leise Wut in sich hochsteigen, doch bevor so ein Oleg richtig wütend wird, kramt er lieber noch eine Weisheit aus dem unendlichen Fundus der russischen Sprichwörter:

»Was für einen Hund, ist für anderen Wolf.«

Damit ist das Thema Mops e. V. für ihn erledigt.

Für ihn, aber nicht für Hubert, denn bei dem hat gerade so eine Art logischer Kurzschluss im alkoholgeschwängerten Hirn stattgefunden, und deshalb dröhnt in ihm nur noch der eine Satz: Möpse zu Möpsen! Und schon klettert er los.

Für den Jogger mag es ein seltsamer Anblick sein, einen zauseligen Kerl quasi waagerecht am Zaun hängen zu sehen, aber er hört über seine Kopfhörer Lady Gaga und denkt auch sonst nicht viel. Er hat die Rauchwolken vom Leiterwagen aufsteigen sehen, dreht sich im Laufen kurz um und ruft »Ausmachen!«. Schließlich muss man auch im Kleinen auf die Ökobilanz achten.

Hubert fällt vor Schreck vom Zaun, landet krachend auf dem linken Knie und stößt einen Schrei aus. Oleg zuckt zusammen, schaut erst zu Hubert, dann hinter sich zum Bollerwagen und weiß jetzt, warum es hier die ganze Zeit so gestunken hat. Hektisch schippt er Schnee auf die qualmende Plastikplane. Hubert sitzt im Schnee und reibt sich das schmerzende Knie. »Das waren bestimmt die Rotzlöffel vorhin mit ihren Böllern.« Unter der Plane zuckt und zischt es plötzlich, »Elfi!«, ruft Hubert hoffnungsvoll. Ist aber nicht Elfi, ist nur eine von den Bierdosen, die explodiert ist. Das auch noch!

Oleg hat nun endgültig die Schnauze voll und will nur noch zurück in seine Datscha. Auch ein Freundschaftsdienst muss mal ein Ende haben. Und jetzt fängt es auch noch wieder an zu schneien! Keuchend zieht Oleg allein den nach Bier und anderem stinkenden Wagen und presst russische Flüche durch die zusammengebissenen Zähne. Hubert humpelt mit gesenktem Kopf hinterher.

Bis zu seinem Garten ist es nicht mehr weit. Dann ist er wieder genau da, wo er gestartet ist. Die ganze Mühe, der ganze Ärger, alles für die Katz. Schlimmer! Elfi ist jetzt nicht nur tot und von einem Pfeil angeschossen, sondern auch noch angeschmort und biergetränkt, und außerdem ist sein einziger, sein letzter Kumpel wütend auf ihn. Gleich morgen will er ein großes Glas Gurken für Oleg kaufen, vielleicht reicht es auch noch für ne Flasche Wodka.

Da vorne ist sein Gartentor, bald wird er wieder allein sein mit sich, der toten Elfi und den anderen Gespenstern – und ganz ohne Schnaps! Oleg kommt bestimmt nicht mehr mit, so wütend wie der ist. Aber wieso stoppt der jetzt?

*

Viktors alter Benz steht da wie die blecherne Androhung von Ärger. Oleg starrt ihn an und zittert vor Wut und Erschöpfung, und überhaupt hat er das alles so was von satt! Er rennt vor und tritt gegen den Wagen. Einmal, zweimal, dreimal. Hubert will ihn zurückhalten, aber da hilft kein gutes Zureden, da helfen keine Sprichwörter, da hilft überhaupt nichts mehr. Oleg ist in Rage, und da will er auch bleiben. Also schaut Hubert mit hängenden Schultern zu, wie Oleg die Wut rauslässt, die sich über all die Zeit in ihm angestaut hat. Und es fühlt sich so an, als wäre es auch Huberts Wut, die da rausschwappt und gegen das Blech tritt und mit den Fäusten drauf rumhämmert, bis man sie vor Schmerz nicht mehr spürt. Und er säuft diese Wut wie ein Verdurstender. Die Wut schmeckt besser als Doppelkorn oder Wodka und ist viel schärfer als Pfeile, die man in Schneemänner schießt. Und dann schlägt er auch zu. Drischt mit aller Kraft auf Viktors Wagen ein.

Mit einem leisen *Flupp* springt die Klappe zum Kofferraum auf. Die Klappe zum schön geräumigen Kofferraum von Viktors schwarzem Benz.

*

Ein altes Sprichwort sagt: Der Teufel scheißt immer auf den größten Haufen. Die Wahrheit ist, manchmal trifft er auch daneben und trotzdem ins Ziel. In diesem Fall Olegs Nachbarn, den mit den Ameisen im Kopf und dem Hang zum Schlägern – den er gestern Nacht an einer hübschen Blonden ausgelebt hat.

Die Autorinnen und Autoren

Helwig Arenz, Jahrgang 1981, studierte Schauspiel an der Anton-Bruckner-Universität in Linz. Seit 2013 arbeitet er als freier Autor und Schauspieler in Nürnberg. 2014 erschien sein erster Roman *Der böse Nik* im ars vivendi verlag, mit dem er für den Debütpreis des Buddenbrookhauses nominiert wurde. 2016 folgte der Roman *Nachts die Schatten*.

Roland Ballwieser und Petra Rinkes leben und arbeiten als Lehrer in Nürnberg. Nach drei sehr erfolgreichen Frankenkrimis für Erwachsene (*Kunigundentod*, *Goldschlägernacht* und *SchneeWehen*) legten sie 2017 ihren ersten Kinderkrimi mit Schauplatz Nürnberg-Gostenhof bei ars vivendi vor: *Der vergiftete Fufu. Das GoHo-Team ermittelt.* www.ballwieser-rinkes.de

Barbara Dicker, 1964 in Franken geboren, studierte Anglistik in Erlangen und veröffentlichte gemeinsam mit ihrem Mann Hans Kurz bei ars vivendi *Das Bierkochbuch* (2011), *Das Schnapskochbuch* (2012), *Das Weinkochbuch* (2013), *Biergrillen* (2016) und *Promillekiller* (2015), die Kriminalgeschichten mit Schuss. 2014 gewann sie den zweiten Preis beim Wettbewerb um den Fränkischen Krimipreis.

Bernd Flessner, geboren 1957 in Göttingen, studierte Germanistik, Theaterwissenschaft und Geschichte in Erlangen, Promotion 1991. Der Autor und Zukunftsforscher unterrichtet am Zentralinstitut für Wissenschaftsrefle-

xion und Schlüsselqualifikationen der Friedrich-Alexander-Universität Erlangen-Nürnberg. Er schreibt u. a. für die *Neue Zürcher Zeitung, Nürnberger Nachrichten, mare, Kultur & Technik* und den *BR*. Als Autor wurde er 2007 mit dem Utopia-Preis (Aktion Mensch) und 2011 mit dem International Corporate Media Award ausgezeichnet. Bei ars vivendi erschien 2017 sein Krimi *Frankengold*.
www.bernd-flessner.de

Tommie Goerz (Dr. Marius Kliesch, geb. 1954) hat Soziologie, Philosophie und Politische Wissenschaften studiert, wohnt in Erlangen, ist verheiratet und Vater zweier Kinder. Nach zwanzig Jahren bei einem der größten Agenturnetzwerke der Welt war er Dozent für Text und Konzeption an der Georg-Simon-Ohm-Universität Nürnberg. Heute lehrt er an der Faber-Castell-Akademie in Stein und ist bei den hl-studios Tennenlohe. Er gewann unter anderem den Bronzenen Löwen in Cannes (2007), ist Mitglied im Syndikat und spielt in der Band *Hans, Hans, Hans und Hans*. Bei ars vivendi erschienen seine Kriminalromane *Schafkopf* (2010), *Dunkles* und *Leergut* (beide 2011) sowie *Auszeit* (2012), *Einkehr* (2014) und *Schlachttag* (2016), in denen jeweils der Nürnberger Kommissar Friedo Behütuns ermittelt, sowie 2017 die Biergeschichtensammlung *Auf dem Keller*.
www.tommie-goerz.de

Christian Klier, 1970 in Nürnberg geboren, lebte an verschiedenen Orten in Deutschland und Frankreich. Nach einem Sprachenstudium ist er heute als Autor und Lehrer in Franken tätig. Er veröffentlichte mehrere Romane und zahlreiche Kurzgeschichten. Im November 2013

erschien sein Kriminalroman *Das ganze Jahr November* im ars vivendi verlag.
www.christian-klier.de

Tessa Korber studierte Literatur und Geschichte, ist freie Autorin und wurde mit ihren historischen Romanen bekannt. Bei ars vivendi erschienen bisher ihr Band *Das Leben ist mörderisch* mit Kurzkrimis (2010), ihr historischer Kriminalroman *Todesfalter* um Maria Sibylla Merian (2011) sowie der schwarzhumorige Krimi *Die Saubermänner* (2013). Zudem gab sie die Krimianthologien *Fiese Morde in der Provinz* (2011) und *Auf leisen Pfoten kommt der Tod* (2013) heraus. Tessa Korber ist Trägerin des Forchheimer Kulturpreises 2010 und lebt in Unterfranken. 2017 erschien ihre Lyrik-Anthologie *Katzen* bei ars vivendi.
www.tessa-korber.de

Matthias Kröner, 1977 in Nürnberg geboren, lebt und arbeitet seit 2007 in der Nähe von Lübeck. Für sein poetisches Werk wurde er mehrfach ausgezeichnet, u. a. mit dem Mundart- sowie dem Lyrik-Preis der Nürnberger Kulturläden. Seine Alternativreiseführer *Lübeck MM-City* und *Hamburg MM-City* sind Sparten-Bestseller. Zahlreiche literarische und journalistische Veröffentlichungen, u. a. in *mare, ZEIT Online, Geo Saison, Das Gedicht, Das Magazin, BR*. 2016 erschien bei ars vivendi sein Mundartlyrik-Band *Dahamm und Anderswo*.

Hans Kurz ist Redakteur bei einer Tageszeitung in Bamberg. Er studierte Sinologie und Politische Wissenschaften in München, Taipei und Erlangen, jobbte als Taxi- und Kurierfahrer, als wissenschaftlicher Hilfsbibliothekar, im

Buchhandel sowie als Übersetzer, Werbetexter, Kultur-manager und freier Journalist. Bei ars vivendi erschien 2013 sein Kriminalroman *Hühnertod*. Zusammen mit Barbara Dicker veröffentlichte er zudem *Das Bierkoch-buch* (2011), *Das Schnapskochbuch* (2012) und *Das Wein-kochbuch* (2013) sowie *Biergrillen* (2016).

Killen McNeill stammt aus Nordirland und wurde 1953 in Kilrea geboren. Er studierte Germanistik, war in den Jahren 1973/74 Austauschstudent in Erlangen und zog 1975 nach Franken. Seit 1976 arbeitet er als Fachlehrer für Englisch an der Haupt- bzw. Mittelschule Schein-feld. Er ist verheiratet und lebt in Unterlaimbach. Killen McNeill schreibt Romane und tritt im fränkischen Ka-baretttrio *McNeills & Winkler* sowie in der fränkischen Band *Nauswärts* auf. Sein Kurzkrimi »Pfarrers Kinder, Müllers Vieh« wurde 2012 als Siegergeschichte der Jury im Wettbewerb um den 1. Fränkischen Krimipreis ausge-zeichnet. 2013 erschien bei ars vivendi sein Roman *Am Schattenufer*, 2015 folgte *Am Strom*.

Petra Nacke stammt aus Norddeutschland. Sie studierte Theater- und Literaturwissenschaft in Erlangen. In München absolvierte sie eine Ausbildung in Schauspiel, Gesang und Tanz. Heute lebt sie als freie Autorin, Spre-cherin und Sängerin in Nürnberg. Seit 1997 ist sie feste freie Mitarbeiterin des *Bayerischen Rundfunks*. Gemein-sam mit Elmar Tannert veröffentlichte sie bei ars vivendi 2008 *Rache, Engel!*, 2010 *Blaulicht* sowie 2012 *Der Mit-tagsmörder*. 2013 erschien die von ihr herausgegebene Anthologie *Leiche sucht Autor*.
www.petra-nacke.de

Horst Prosch, 1964 in Neuendettelsau im Landkreis Ansbach geboren, lebt mit seiner Familie in Wolframs-Eschenbach. Er arbeitet als Bilanzbuchhalter, ist Mitglied im Kulturverein Speckdrumm e. V. und im Syndikat und Initiator und Leiter der Reihen »Erlesene Genüsse« im Kunsthaus Reitbahn 3, Ansbach, sowie »Literatur in alten Mauern« in Wolframs-Eschenbach. Auch für Lesungen ist er bekannt, etwa für Themenlesungen wie »Literatur und Schokolade«. Bei ars vivendi erschien 2008 eine Erzählung von ihm in *Smoke – Geschichten vom blauen Dunst*. 2014 folgte sein Kriminalroman *Blaue Bäume*. Für »Süß klangen die Glocken nie« aus der Anthologie *RauschGiftEngel* wurde er für den Friedrich-Glauser-Preis 2015 in der Sparte »Bester Kurzkrimi« nominiert. 2015 erschien sein Kriminalroman *Frankenruh*.
www.horst-prosch.de

Susanne Reiche, Jahrgang 1962, hat eine erwachsene Tochter und wohnt mit ihrem Lebensgefährten, Hund Jasper und drei Katzen im Nürnberger Stadtteil Wetzendorf. Schon früh entdeckte die gebürtige Nürnbergerin ihre Leidenschaft für Bücher. Nach Abitur und Gärtnerlehre studierte sie in Erlangen Biologie und war vierzehn Jahre lang beim Nürnberger Umweltamt im Bereich Umweltplanung tätig. 2014 gewann sie mit ihrer Geschichte »Der Tod des Baulöwen« den Publikumspreis des Fränkischen Krimipreises, 2016 erschien ihr erster Frankenkrimi *Fränkisches Chili*. Im Herbst 2017 folgte *Fränkisches Sushi*.
www.susanne-reiche.de

Johannes Wilkes, Jahrgang 1961, wurde in Dortmund geboren und absolvierte ein Studium der Medizin in München. Seit mehr als fünfundzwanzig Jahren lebt er in Franken und führt in Erlangen eine sozialpsychiatrische Praxis. Neben populären Sachbüchern schrieb er auch belletristische Werke. So ermittelte Kommissar Mütze bereits in den Spiekeroog-Krimis *Der Tod der Meerjungfrau* und *Strandkorb 513* sowie in dem Frankenkrimi *Der Fall Rückert* (2016). Im ars vivendi verlag erschienen zuletzt außerdem *Das kleine Franken-Buch* (2014), *Das kleine Westfalen-Buch* und *Das kleine Nürnberg-Buch* (2016), *Das kleine Baden-Buch* sowie der Spiekeroog-Krimi *Muschelkäfer morden nicht* (2017).